迪拜公主的秘密情人
（简体字版）

Love in Dubai (A novel in simplified Chinese characters)

B杜

British Library Cataloguing-in-Publication Data. A CIP catalogue record for this book is available from the British Library.

ISBN 978-1-913080-63-1 (ebook)
ISBN 978-1-913080-62-4 (print)

For my Family

第一章/苏青青

今天我无意间刷到一个帖子，一位小女生说她从小就喜欢看CCTV的《探索·发现》频道，对神秘的古国及地底墓穴心生向往，如今也到了报考大学的时候，她问广大的网友："学习考古专业会不会是一个太过浪漫而不切实际的选择？"

此时的我手里拿着一个苹果，正咔嗞咔嗞地咬，一看有个不知死活的小红帽正往森林里冲，立马扔下手中咬到一半的苹果（还差点儿击中家里的长耳朵柯基），啪啪啪地打起字来。

如果楼主真的"热爱"考古，投身其中无可厚非，但就楼主的情况来看，明显对考古不够了解，只凭一腔热血就想上前拥抱，这是极其危险的事。好比妳对一个神秘男生产生兴趣，这时妳应该做的是继续深入了解，而不是立刻跟他私奔，那样做只会痛心疾首、追悔莫及……

发送完毕，我起身到冰箱又取了个苹果，洗净后回到房间，发现我的回复底下已经筑起万丈高楼。

一楼是楼主砌的，她问我读的是不是考古系？如果是，现在后悔吗？

二楼是个网名为"不怕死的猫星人"砌的，她同意我的看法，当初就是眼瞎才会选择这个不好就业的专业，经过两年闲赋在家的日子后，她现在正在某个仓库里待着，手里拿着饿不死人的薪水。

三楼是个网名为"圣战士"砌的，他说我太危言耸听了，考古系根本没那么可怕。话说回来，这个社会不是单一的，它需要各方面的人才，好比考古学家李济、斐文中、郭沫若……等，他们为国家做出巨大的贡献，应验了那句话—是金子总会发光。

四楼是……

我边啃苹果边浏览了一遍，赞成票和反对票大致打成平手。

"其实他们都误会我了，我就是那个对考古一见钟情并且携手私奔的人。"

"汪汪！"

"再告诉你，我的很多同学都已经后悔了，但不包括我，我是异类，喜欢的东西跟别人不一样。"

长耳朵柯基听完兴奋地原地打转，它知道我喜欢它，即使它是只奇怪的串串狗，有柯基的小短腿和吉娃娃的长耳朵。

"姐，妳回来了，我还以为是小偷呢！"

说话的是我的亲妹妹—苏暖暖。

"妳看过脸这么黑的小偷吗？"我问，然后把苹果核空投至房间角落的垃圾桶内。

"说的也是，"她摸了一下我的头发，"谁剪的？狗啃了似。"

我答我剪的，这次的北疆行实在太刻苦了，三十几天没洗过一次澡，头都长头虱了，不得不剪，结果剪完头发的那个夜里，我哭了一整晚……

"这肯定是假的，苏青青怎么可能哭？"

"是呀！我是无敌铁金刚，怎么可能哭？"我苦笑着，"妈呢？"

"大概买菜去了。"她像想起什么似的，"告诉妳，妈和爸又开打了，小心被台风尾巴扫到。"

打从有记忆以来，我父母便三天一小吵，五天一大吵，感情破裂成这样，也不怕我和暖暖心里有阴影。

我曾暗示母亲离婚，她又反过头来说父亲对她种种的好。

"如果他真这么好，妳吵个啥？"我问。

"还不是老问题，"母亲叹了口气，"如果妳或暖暖是个男的就好了，妳父亲也不致于被邻里取笑，甚至到现在还有二心，总想找个姑娘替他生个带把的，这个老不修！"

如果有原罪，"不是个男的"便是我的原罪，它像个紧箍儿，时时提醒着我的不完美。

暖暖倒好，虽然也是个女的，母亲好像很少向她诉苦，部分原因是生完二胎后，母亲的子宫便因故摘除，暖暖成了最后一件小棉袄。老么总是惹人疼，想当然尔，母亲把所有的温柔都给了她，对身为老大的我则"恨铁不成钢"，久而久之，我真的阳刚起来，不仅剪了个男生头，连裙子也全给了妹妹。

外在的改变在我看来是件极其普通的事，实则不然。过了一个暑假回到学校，也许因为个儿抽高，头发剪短，加上帅气的举止（我已经分不清是刻意为之还是浑然天成），我竟然成了风云人物，身边总有女孩围绕，和往日的不咸不淡比，受欢迎的程度堪比黄袍加身。

老实说我挺享受这种被人追捧的感觉，在我家，我像个可有可无的人，父亲对我太寡言，母亲又太喋喋不休（多半是抱怨，仿佛全世界的不幸都给了她），哪像在学校，女孩们对我好极了，给我买零食，还不介意让我分享她们的爱心便当。不讳言地说，我就像个儿皇帝，连考个试也有人主动帮我Pass。

"说！这纸条是怎么回事？"数学老师眼露凶光地问。

"我也不清楚，它就忽然出现在我桌上，早知道我就不当着妳的面打开。"

那次的数学期末考试难如登天，搞不懂出题老师为什么总以打击学生的自信心为乐。当我正搜索枯肠时，一张小纸条从天而降，我一转头，班上的学霸郭美芳冲着我微笑，她是老师眼中的好学生，从不惹麻烦，只会坐在角落安静地看书。

"妳这是睁眼说瞎话！还有，"老师戳了戳我的短发，"这是什么发型？男不男，女不女的，别以为我不知道妳的葫芦里卖什么药。"

"妳倒是告诉我究竟卖的什么药呀！"我说。

此时有个男声响起："春药。"

话声甫歇，引来哄堂大笑。

老师愤怒极了，随手甩给我一个大耳光。

我被打得眼冒金星，愤怒之心也油然而生。

"为什么打我？"我站起来质问。

"打妳就打妳，还得挑日子？不信我再打妳！"

"妳打我试试。"

我没等老师给我第二个耳光，直接将她击倒在地。

"造反了，苏青青，这次妳若退不了学，我就不姓方！"

方老师果然还姓方，我被迫转学到二十公里以外的另一所中学。由于"劣迹斑斑"，加上不小心跌倒，眼角缝了几针，替我的传奇故事又添加一笔神秘色彩，我很快便掳掠全校女同学的心，甚至还有粉丝远道来访。

实话告诉你，每当放学，校门口仿佛是我个人的星光大道，尖叫声及拍照声不绝于耳，而我早已麻木，匆匆而过。

第二章/小河公主

从小我就喜欢阅读稗官野史，一直以来的想法很简单，将来考进一所好点儿的大学读历史系，毕业后找一份教职，然后平淡地了此一生。事情的转折和那个发帖女孩一样，考完高考的某天，我打开电视看CCTV的《探索·发现》频道，因此触动内心里的那根弦。当时节目正介绍小河公主，她是中国考古学家于2003年在新疆罗布泊发掘出来的一具女性干尸，虽然经历了四千年，但尸体保存完好，面部笑容清晰可见，因为是在小河遗址发掘到，所以被命名为"小河公主"。

然而，这并不是"小河公主"第一次被命名。事实上，她最早被瑞典考古学家贝格曼称为"微笑公主"，从他对她的如下描述当中可知缘由：身着高贵的衣裳，深色的长发上戴着一顶装饰有红色带子的尖顶毡帽。她的双目微合，好像刚刚入睡一般，漂亮的鹰勾鼻、微张的薄唇与露出的牙齿……为后人留下一个永恒的微笑。

说不上为什么，当我在电视上看到"公主"时，整个人惊呆了，她是那样美，美得摄人心魄。

实话告诉你，接下来的几天我过得浑浑噩噩，满脑子都是伊人的面容，更令人惊奇的是，幻觉里的她有一双像海一样蓝的眼睛（我以为西域人种应该都是褐眼）。

几天后，母亲听说我填写的志愿是个冷门中的大冷门，气不打一处来。

"妳知道考古是干嘛的吗？那是挖死人坟墓的，多晦气！"她说。

连一向对我冷淡的父亲也表示那是找不到工作的专业，与其白白浪费四年的时间和金钱，倒不如到工厂当女工，勤快点儿，四年后也许能当上领班。

我清了清喉咙，告诉他们挖死人坟墓的叫盗墓贼，和考古队是不同的，后者挖出来的东西不能中饱私囊，而是上交给国家（这听起来靠谱多了）。至于就业......是有那么点儿难就业，但小众也有小众的好处呀！代表竞争少，如果不能在高校或者科研单位谋得一职，起码还能到博物馆、古玩店或拍卖行工作。

此时父母的脸色稍有好转，谁知我妹"适时"扯我后腿。

"姐，我知道那所大学，等妳考上，我去找妳，记得带我吃朝鲜冷面和打糕哦！"

母亲如临大敌，问我填的是哪所？当得知是东北某个没名气的大学时，她的火气又上来了。

"妳怎么不填北大？北大也有考古系。"她质问。

这不是填不填的问题，而是人家压根儿没看上我。

母亲答不行！这事不能任由我胡来，马上更改志愿，她觉得师范大学不错，毕业后当老师，多好！

"晚了，我已经提交，而且志愿只填一个。"我冲口而出。

当时我妈正在煮饭，拿起菜刀就扑上来，我连跑三条街才甩掉那个疯女人。

你若问我为什么非得上这所大学不可？我也知道提供考古专业的大学不止一所，但看来看去只有这所偏重"边疆考古"，刚好符合我的需求—借着边疆考古的名义接近我朝思暮想的女神。

结果三年下来事与愿违，老师带我们去的都是一些穷山恶水的地方，一个月洗不上一次澡也不是什么新鲜事，最可怕的是来大姨妈，要多惨有多惨。每当这时候，我总恨不得自己是个男的，可以站着如厕，每个月也不会无缘无故失血好几天。

说到下田野（考古调查与发掘），边疆地区大多是石封堆墓，没法儿采用封土揭取方式，只能靠人力来搬，那些石块小则十几斤，大则数十斤，每搬一层石头都要绘图记录，所以石封堆墓的揭取经常要耗时一至两个月。去年暑假的下田野便是这样的一场恶梦，我每天顶着烈日练肱二头肌，回到家连家里的长耳朵柯基都认不出我来（我妹说得好，我像极了一根行走的紫米血肠）。

眼看三年过去了，我离"小河公主"还是那么遥远（她的本尊在新疆考古研究所，不对外开放，只有专门的人员才能一睹芳容），于是我分别请教了学长姐及论文指导老师："如何才能进入新疆考古研究所？"

答案很一致，那就是当上那里的研究员，意思是起码得读个硕士或博士才有资格竞争。

这对我来说太难了，于是我退而求其次，改问什么时候能看"小河公主"一眼？

老师虽然感佩我的执着，但仍给出客气而不失礼貌的打击："小河公主是国宝，出土后的潮湿空气对她是种伤害，目前她被很好地保护起来，只有极少数的人才有机会见上一面。"

这还算是比较和善且可靠的回答，至于学校那些一知半解的同学们，给出的答案就天马行空了。有的说每十年公主会出访一次，也许是美国纽约，也可能是南半球澳大利亚，我就乖乖等着；有的还说真正的小河公主早就在运输途中化为白骨，即使我有幸目睹，那也只是个仿品；有的甚至建议我贿赂当班的保安，也许能偷偷溜进去，只是当夜深人静，馆内空无一人时，那景象说有多恐怖就有多恐怖……

综合以上说法，想亲眼目睹"小河公主"的机会微乎其微，我不免心灰意冷，直到老师询问有没有人志愿到北疆当苦力时，才又重新点燃我的希望之火。

"我去！"我不假思索便举手了。

通常会用到"志愿"二字，代表不会是好事，但我管不了那么多，因为新疆考古研究所在乌鲁木齐，乌鲁木齐在北疆，换言之，这是个近距离接触公主的机会，我怎能错过？

然而我的一腔热血却在老师那里遇冷。

"呃……谢谢苏青青女同志的热心，但北疆的环境险恶，我更希望男同志响应。"

话一说完，班上的五位男丁集体沉默（是的，考古系阴盛阳衰，虽然这明明是个极需体力活的专业）。

老师很尴尬，表示如果真是这样，那也只好抽签决定，毕竟现在只有一位志愿者，名额还需要两位……

"老师，我去！"廖静薇举手。

"老师，我也去！"

"我去！"、"我去！"、"我去！"……

面对空前盛况，老师一时傻眼，最后抽签选中廖静薇及冯明玉跟着我一起跳火坑。

为什么说"火"坑？新疆的最热月在七月，为了避开火球，我们选择在清明节出发，预计五月中旬回来，刚好来得及准备答辩。然而人算不如天算，虽然四月份的天气最宜人，但我们去的是阿拉尔，属于"暖温带极端大陆性干旱荒漠气候"（光看这个描述就知道必是惨绝人寰），果然白天像个大蒸笼，我的衣服就从来没干过；夜晚则骤降到五度C，即使把带来的外套及秋衣秋裤全穿上，躲在棉被里依然瑟瑟发抖。

除了天气严峻外，其他也好不到哪里去。瞧！白天累死累活，太阳下山后连个冷水澡也洗不上（遑论热水）；再说伙食，比看守所还不如，通常就一个菜，不是土豆炒肉丝就是肉丝炒土豆，再不然就是奶子面条。还有，请来的民工一言难尽，下工不是抽烟、喝酒、打牌，就是没完没了地讲黄段子，有些色鬼还会仗着酒意调戏起女学生。

这一天，冯明玉哭哭啼啼地向我告状，我才知道她被欺负了。

"喂！你们哪个杀千刀的敢欺负我妹？"我挺身而出，冯明玉则像只小鸡似地躲在我身后。

民工们纷纷发出暧昧的笑声，同时将目光打在热合曼身上。

我走过去，居高临下地问："是你对我妹毛手毛脚？用的是哪只手？"

热合曼慢吞吞地站起来，他的鼻子发红，眼睛也是红的，全身散发着酒气。

"那个……"他伸出右手。

我三两下便废了他的右手，惨叫声不绝于耳。

"听着，"我转向那些吓坏了的民工，"你们谁敢欺负这里的女人，下场就跟他一样！"

此时的热合曼捂着右手缩成一团。

噢！忘了提，在阿拉尔做苦工的学生不止我们仨，尚包括他校。我校女生就不说了，她们早耳闻我的事迹，所以见怪不怪，但他校女生却是头一回见识到我的胆量和魄力，个个吓得目瞪口呆。

老实说，自从打过老师之后，我就什么都不怕了，加上平时有健身的习惯，打起架来从未输过（至少目前为止是）。我

也不认为自己打人有错，因为每次动拳头都是对方咎由自取
，该打！

然而在我看来天经地义的一件事，到了同行女生的眼里却有
不一样的解读。是的，我成了一束光，照亮她们枯燥且艰辛
的沙漠生活，这感觉很奇怪，我一方面享受她们所传递过来
的关爱眼神，一方面又抗拒，因为我知道她们都不是我的公
主，而惟一让我怦然心动的却是一具千年女尸，我真他妈的
……太难了！

第三章/失之交臂

阿拉尔，维吾尔语的意思是"绿色的小岛"，它位于塔克拉玛干沙漠的西北边缘，有条河流（塔里木河）穿行而过，由于历史上曾多次改道，逐水草而居的远古人类不得不跟着迁徙，以致留下许多历史遗迹……

为什么我和其他考古系学生会千里迢迢来到这个鸟不生蛋的地方？那是因为阿拉尔发现了古墓群，除了文物和农作物出土外，还发现了一具巨人古尸（身长2.3米，比姚明还高），专家认为他很可能是羌族的祖先。

我们这些菜鸟当然是不可能接触巨人，所做的无非是把各种各样的碎陶片找出来拼凑以及收集邻近住户家里的"古董"作为佐证，角色相当于打杂，但地位比民工高，毕竟他们只负责出卖劳力，连图都绘不了。

不瞒你说，在阿拉尔的一个半月里，我每天都在反省自己是不是脑壳坏了才会选读考古系？别人的大学生活多么惬意，我何苦住工棚、吃猪食，全身还痒得难受？

"我他妈的真是受够了！这次回去就换专业，哪怕已经大四，哪怕再过两个月就可以毕业，我非换不可！"我愤恨地说。

"妳确定要换？"廖静薇推一推她的黑框眼镜，"去年在河南开封，妳也这么说过。"

我记起来了，当时开封启动"城摞城"遗址发掘项目，我们几名学生被派去当下手，虽然只有短短二十多天，但不幸遇上几十年来难得一见的强降雨，屋外电闪雷鸣、狂风大作、暴雨倾盆，屋内也不太平，我发着高烧，头痛欲裂，当时是真的想放弃，但是回去以后我又好了伤疤忘了疼，继续将错误进行到底。

"我说过？怎么我只记得去年妳用薰衣草香味的洗衣粉洗我的衣服？"我说。

"妳还记得？"她的脸颊出现两朵红晕，"这次我用的是百合香味的，不知妳喜不喜欢。"

"当然喜欢，这里的水源不足，跟住户要水肯定得好话说尽，辛苦妳了。"

"不辛苦，我喜欢妳身上衣服的味道跟我的一模一样。"

记得第一次下田野时，我的脏衣服总会不翼而飞，隔天又整整齐齐地堆放在床头。当时以为是当地政府提供了洗衣服务（简直想太多了），直到我留意到别的同学穿得比犀利哥还犀利，我才惊觉自己被人宠爱着。

再讲伙食，没有一次下田野能吃得好，但我不一样，正餐不足，副餐来凑，泡面、辣条、饼干、薯片、软饮……任我选择。由于大巴有行李限制，每个人只能带上一大一小两件行李，换言之，为了让我饱腹，"女孩们"精简了个人用品，这种牺牲小我的精神怎不让人感动？

接着讲住宿，通常我们住的是大通铺，这次的北疆行当然也不例外。

"Pachinko，后天就回去了，妳有什么计划？"

说话的是B大的学生，长得有点儿像日本演员广末凉子，很古灵精怪的样子。Pachinko的绰号是她帮我取的，因为我的名字里有个"青"字，让她联想到日本盛行的弹珠游戏机—柏青哥（日语发音便是Pachinko）。

"我想到乌鲁木齐走走，领队答应我了。"我答。

"这么说妳不跟我们一起回去，那多没意思！"冯明玉说。

"反正车上有小顺子，他挺逗的。"

话一说完，"女孩们"集体吐槽，纷纷表示小顺子就是个丑角，每次都企图幽默失败，让人尴尬癌都犯了。

"没那么夸张啦！"我说。

"Pachinko，"没想到冯明玉也这么叫我，"妳去乌鲁木齐干嘛？我也一起去行不？"

"不，不行，妳不能跟去，我……我有重要的事待办，得单独行动。"

这个重要的事无他，就是跑到考古研究所碰碰运气，对我来说，这是北疆行的惟一目的。

当灯熄了之后，我们12名女生统一上床，廖静薇和"广末凉子"动作快，分别躺在我的左右两侧。

没过几分钟，打呼声此起彼落，同样进行的还有一只不安分的手，它正缓缓地爬上我的小腹。我将它轻轻推开，接着闻到一缕发香，和我衣服上的香味一模一样。

莫非廖静薇用洗衣粉洗头？

我把搭在肩膀上的秀发移开，然后睁眼看着腐朽的屋顶横梁发呆，心想当鸭子误入鸡群时一定是特别的无奈与无助……

～

"为什么？"我怒发冲冠，"你明明答应我了。"

那个长相斯文的领队表示他是答应我了，但今天有五位女生也请求放行，他能怎么办？万一有个差池，他要如何向学校和家长们交待？

"如果……如果我负责让她们都别跟去，这事还有转圜的余地吗？"我抱着一丝希望问。

"没闹开，我还能给例外，但现在晚了，这事没得商量，抱歉！"

我没料到"口风不严"给自己带来了不可磨灭的遗憾，就差那么一点儿，也许就能了了多年的心愿，我他妈的也太背了！

坐在回程大巴上，我心如止水。当滚滚黄沙吹过，我望着车窗外的萧条景象默哀："我的小河公主呀！何时才能看到妳的容颜？"

第四章/二次答辩

我的毕业论文题目是《新疆古代人类的体质人类学研究》，重点在于探讨远古新疆人的种族类型及考察他们的人体结构和形态。

这个题目我从大二就开始构思，大三正式搜集资料，其间也跟论文指导老师讨论过多回，加上北疆的实际下田野经历，让我对即将到来的答辩颇具信心。

果不其然，十五分钟的陈述时间我发挥得极好，精心制作的PPT通过投影仪展示出来，加上深入浅出的讲解，评委们频频点头，我心想这个答辩应该十拿九稳了，不禁有些飘飘然。

通常学生陈述完毕，评委们会提出三个问题，由于我已经沙盘演练过，所以回答得行云流水。

"苏同学，妳今天的答辩准备得相当充分，让我印象深刻，最后我额外问一句，妳为什么会选择这个论文题目？"

问我话的是系里的老教授，退休后本应在家含饴弄孙，但因学识渊博，又被学校给返聘了。

"有一天我做梦……梦到小河公主，是她要我研究这个。"我答。

我所在的小组有12名同学，加上5位由教授组成的评委，意思是教室内总共有17个人，此刻完全鸦雀无声，大概连针掉到地上也听得见。

"咳、咳、"我的论文指导教授坐不住，想拉我一把，"毕业后妳有什么打算？"

这是一道送分题，想就业可以回答到博物馆、古玩店、拍卖行揾工；不想就业可以回答考研或出国深造，反正怎么答都不会出差错，可惜我的脑子被牛粪给糊住，一时转不开。

"我想找一份来钱快的工作，等攒够钱，我要到乌鲁木齐见……见小河……的朋友。"

"这也是小河公主托梦告诉妳的？"老教授问，引来一阵讪笑。

"她没托梦，是我自己想去。"

我看见我的论文指导教授把脸埋进手心里，一副万念俱灰的样子，看来我凶多吉少了。

几位评委交头接耳，似乎下不了决定。

"苏同学，妳能到教室外稍等片刻吗？"说话的是老教授。

"没问题。"我昂首走出教室。

很久以前系里就流传着这么一则流言：答辩不过是走个形式，如果评委看着不行，会暂时中止答辩，和你小谈一下，意思是给个提示再继续，等于变相帮你过关。万一评委中止答辩，把你给请出去，那就危险了，代表有两派人马在争论你能不能**Pass**。

我不知道自己是不是遇上了传说中的"黑天鹅事件"（指极其罕见的风险），我希望不是。延迟毕业对我来说是场灾难，首先父母那关就过不了，其次这破坏了我的计划，我原本打算一毕业就从事丧葬业，这个来钱快，转正后月收入能过万，省着点儿花，半年后我就能远赴西北，不信缠他个十天半个月，新疆考古研究所不会大发慈悲放行，好歹我也是学考古出身，都是同行，不会这么不近人情……

"Pachinko，妳怎么在这里？"冯明玉停下脚步问，她还是唤我"柏青哥"。

"答辩完出来透透气，教室内挺闷的。"

"也是，"她望了一眼身旁的伙伴，"我才跟同学埋怨没能跟妳同组，否则可以一睹妳答辩时的风采。"

"没什么好看的，随便说一说，评委再随便一问就过关了，简单得不得了。"

话刚说完，教室门被打开。

"苏同学，妳可以进来了。"说话的是我的论文指导教授。

我转头对我的女粉丝说："放风完毕，我进去听听他们都说了些什么。"

～

在我们系里我是个响叮当的人物，如今因出位的答辩又火了一把，不过这次可一点儿也不光彩，因为老教授要我进行二辩，由他一对一提问。

我去，不过是说了心里话，至于吗？这还有没有言论自由？简直是一言堂！

尽管我哀叹再三，仍改变不了二辩的命运。

这一次我更加用心准备，而且时不时对自己耳提面命：千万不能再"畅所欲言"，老教授想听什么就说给他听，为了得到那张毕业证，哪怕"不惜一切代价也要为考古研究奉献一生"的屁话，该说时还得说。

一周后，老教授约我在室内考古实验室见面，地点不算陌生，但时间很诡异，竟然是夜里十点，也就是实验室关大门的时间。

我倒不害怕老教授临时起色心，对付他，我一根手指头就够了。我担心的是他的岁数大，万一有个突发状况（譬如不小心跌倒或者一言不合血压升高等），我岂不百口莫辩？

不讳言地说，二辩给我带来了压力，好像两肩无时无刻不驮着一只吉娃娃，是有那么点儿不舒服，但也就那样了。然而没过多久，那只吉娃娃竟长成了英国牛獒（世界上最重的犬类），因为我听说粉丝们自发组织活动，打算聚集在实验室外为我加油打气。

"不许，谁来我跟谁急。"我表情严肃地说。

开什么玩笑？如果二辩过了还好，万一不过呢？面对拉红布条的女孩们，那场景说有多尴尬就有多尴尬，恨不得让人一头撞死以谢天下。

转眼来到了约定时间，我推开那扇咸菜绿的木门，发出吱呀一声。平常没注意，现在倒是提醒我得给系里提意见，让工友给门铰链上上油……

"我在这里。"老教授说。

根据声音来源，我判断今晚的会面地点在仪器室，那里堆积着光学显微镜、高频红外碳硫分析仪、代码破译机、检测仪、气云采集器、打捞器……等。

我神色自若地走过去，沿途看到好几口椁室，都是整个搬过来，无怪乎实验室外停放着吊车、翻转车、运转车等设备，就为了能对大型遗存进行搬运及置放。

说到这里你可能心存疑问，考古不是都在户外进行吗？怎么转成户内了？

是这样的，田野考古发掘极易受天气状况及发掘条件所影响，既希望挖到好东西，又害怕挖到，因为在条件不具备的情况下，常有资料收集粗疏，以致许多细微的遗迹被忽略或舍弃的现象。如今有了室内实验室就不同了，可以做到环境可控，使精细发掘成为可能，从而保证出土质量，缺点是只能重点式挑选，做不到整个遗址全搬运过来。

"我在这里。"老先生又发话。

妈的，这个老傢伙真没耐心，我不过是多看了几眼舞阳贾湖墓地的随葬品，他就等不及。

"来了。"我喊。

第五章/摊上大事

我进到仪器室时，老先生的眼睛刚离开显微镜目镜。

"快来看，这贝壳的颜色多美！"说完，他站起身来，把座位让给我。

光学显微镜的厉害之处在于哪怕是几千、几万年前的产物，只要选择好合适的放大倍数及观察方式就能还原色彩。

想到我现在看到的东西很可能盘古开天之时就已存在，内心激动不已。

"这个黄很特别，有点儿像……像香草冰淇淋的颜色。"我答，同时站起身把座位还给今天的评委。

他坐下后表示我的描述挺有意思的，又告诉我显微镜下的结晶是海贝，它最早被古人作为饰品使用，由于被赋予多子多福的吉祥寓意，女性怀孕之后多会佩戴，至于成为货币……那是以后的事。

"是是是……"我点头如捣蒜，"真是醍醐灌顶，学生在下我受益匪浅。"

"能不能正常点儿讲话？别花里胡哨的，我不喜欢。"

咦！这个老头子挺不一般的，以前没选修他的课真是失策。

"好，我正常点儿讲话，"我干咳两声，"为什么让我二辩？比我表现差的同学都通过了，这不公平！再说了，你额外的问题不在评审范围内，就算我答得再无厘头，也不该列入计分。"

老教授要我坐下说话，他仰视我，脖子难受。

于是我找了把椅子坐下。

"那件事是真的吗？"他压低声音，"妳真梦见小河公主了？"

我想了想，既然他要我别花里胡哨的，我索性敞开心胸来说。

"是的，不只做梦梦到，清醒时偶尔还会出现幻觉和幻听，不过不严重，没达到精神病的程度。"

"其实……不只妳梦见，我也梦见了。"

什么？！这也太扯了！我问他是不是开我玩笑？

"我若开玩笑，不得好死！"

看一个近七十岁的老翁正经八百地举起手来发誓，这感觉太怪异了。

"教授，我相信你就是了，别发这种毒誓，怪吓人的。"

"好，不发就不发，接下来我要告诉妳一件事，妳可别吓坏了。"

切！我的外号除了Pachinko，还有"苏大胆"，连老师都敢打的人，你说这世界上还有什么可畏惧的？

"你说，我洗耳恭听就是。"我答。

～

"苏青青，妳过了吗？"我一回寝室，室友甄心如从被子里冒出头来问。

"过了。"我懒洋洋地答，同时把一个小锦囊往自己的枕头底下塞。

她随即下床走到窗户边，然后对外使劲吹了声口哨。

"妳干嘛？"我走过去把窗户关上，"半夜三更的，也不怕吵醒睡梦中的人。"

"别的系我不清楚，但考古系的女生有大半还没入睡，我若不吹口哨，她们会睁眼到天亮。"

原来她受托给暗号，如果我通过了就吹一声口哨；如果没通过就保持沉默。

"她们给了妳什么好处？"我问。

"一杯奶茶也没有，我这么做是不希望有人失眠，失眠很痛苦的，我知道。"

甄心如是历史系学生，当初选择室友时，我特地选了个对我不热情的人，没想到她外冷内热，没多久便对我热情如火，可是三年下来（第一年是随机分配，没选择权）我从未换过室友，心想与其再被别人关爱，倒不如从一而终。事实证明我是对的，只要用对方法，甄心如的温柔也可以像风拂过，既没有负担，也不具杀伤力，更不会后患无穷……

"妳的心真软，"我摸摸她的头，"上床去吧！我看着妳入睡。"

她乖乖地上床去，但很快便把脸埋进被子里，间接放我自由（这是我结束谈话的妙招，屡试不爽）。

换上干净衣服后，我也上床，可惜翻来覆去总睡不好觉，该不会是那个东西在作怪吧？！

我把枕头底下的小锦囊找出来，这是一个平凡得不能再平凡的小布袋，就着青白的月光，里面的玉勒子像一块凝脂，摸起来有冰凉感。

玉勒子是一种历史非常悠久的玉器形制，早期被当成实用工具。进入新石器时代以后，古人逐渐意识到玉石的珍贵价值，从此玉器不再承担劳动工具的功用，而是华丽大转身，成为宗教中的祭祀器或装饰器。

在漫长的发展过程里，玉勒子的形制也出现了变化，有扁圆柱体、束腰体、橄榄体、长方体……等，我手中的这枚便是橄榄体。

"这辈子我太懦弱了，迟迟不敢跨出国门。妳不一样，第一眼看到妳，我就知道妳会为了梦想勇往直前，所以我把这个小东西交给妳，妳千万小心保留着。"老教授的声音在耳边响起。

我转动着这个比真正橄榄大不了多少的东西，心中五味杂陈，难道冥冥之中注定我和小河公主之间有剪不断的情缘？

～

隔天我到食堂吃早餐，拿了几个饺子、两根肠、一个芝麻大饼，再来一碗小米粥，花了我七块五毛钱。

我一坐下，立马拥上四个女同学。

"昨晚老教授有没有为难妳？"

"都问了些什么？"

"学校说10号之前一定得搬离宿舍，妳什么时候走？走之前咱们找个时间聚一聚。"

……

. . .

由于毕业照已经拍了，答辩通过的学生基本可以离校，我因需要二辩，又多待了几天，没想到同样留校的人还真不少。

"我大概10号当天走，聚会就算了，我还得提交任务书跟开题报告，时间上来不及。"我说。

女孩们哀声叹气，我只好表示欢迎她们到我的家乡找我玩。

"妳不上北上广深吗？"其中一个女孩问。

"不，我已经在离家不远的地方找到工作了。"

"什么样的工作？"另一个女的问。

我还没来得及回答，辅导员直直向我走来，后面跟着一名警察。

"她就是苏青青，"辅导员指着我，"最后跟老……许教授见面的就是她。"

我们的大四辅导员很不得人心，有事找她特会拖，但一旦她主动找你，并且对你笑容满面的，准没好事。此刻的她虽然主动找上我，但脸色很不好看，所以我也无从判断这是好事还是坏事……

"妳就是苏青青？"那个年轻的警察同志问。

"正是，你有啥事？"我气场十足地问（女粉丝正看着我，我绝对不能表现出畏畏缩缩的样子）。

"有事问妳，能借一步说话吗？"

"可以，等我把早餐吃完。"

此时我们的辅导员开口了，她要我别浪费警察的宝贵时间。

"咋滴？还不让老百姓吃饭？实话告诉你们，我肚子饿就没法儿好好说话，除非警察同志要我不说实话。"

于是在无数双眼睛的注视下，我慢条斯理地把眼前的早餐吃完，包括芝麻大饼上的芝麻。

"吃饱了。"我站起身来，"到哪里说话？可别太远，我还得回宿舍打包行李。"

"妳终于吃完了，"辅导员一副不耐烦的表情，"先到辅导室来吧！摊上这事也不知道妳还能不能回宿舍。"

第六章/同学会

辅导室里本来还有闲杂人等，此时全被请了出去，只留下三个人。

"今天凌晨贵校的许教授自杀身亡，为了慎重起见，局里派我过来了解情况，妳是最后一个与他见面的人，当时他可有什么异样？"

"老……许教授……死了？"我吓得话都说不利索。

"是的，他在网上购买了毒狗用的氰化钾，这东西只要绿豆大小的量就足以致死。许教授一口气吞下三颗绿豆的量，估计死亡只用了十几秒的时间。"

我问毒药是什么时候买的？

"大概几天前吧？！妳为什么问这个？"

"拜托，请告诉我确切的日期，这个对我很重要。"

于是年轻警察立即打给同僚，查到死者是本月3号晚上在网上下的单。

本月 3 号不就是我答辩的日子？这么说当天他就已决定赴死，只是氰化钾到货需要一些时日，所以把二辩的时间定在一个礼拜之后……

"看妳的样子好像知道些什么，请把知道的通通说出来，好让真相浮出水面，以慰亲属。"

哎！如果我把真相说出来，亲属一点儿也不会感到安慰，反倒把老教授给拉下神坛。

"抱歉！我知道的不会比你们多。那天晚上我进行二辩，他提出一些问题，我回答了，就这样。"

"录相显示妳是 10:02 进入， 11:45 才和教授一同走出实验室，就我所知，答辩不需要这么长的时间。"警察转向辅导员，"是吧？"

辅导员马上点头，答："通常就问三道题，估计十分钟不到。"

我咳嗽两声后，表示答辩完毕我和教授又用显微镜观察了多个远古时期的贝壳，并且做了冗长的讨论，受益匪浅。

为了让我的说明更具说服力，我拿海贝当例子，它最早被古人作为饰品使用，由于被赋予多子多福的吉祥寓意，女性怀孕之后多会佩戴，至于成为货币，那是以后的事……

"可以了，谢谢！"警察制止我，"如果妳忽然想起有可疑之处，请到离这里最近的警局找我，我姓袁，警号是……"

我压根儿不想找他，但我们的辅导员很积极，她找来纸笔，不仅记下警号，还问到该警察的全名。

"就这样，我走了。"叫袁培华的年轻警察走了，还承蒙辅导员送到楼底下。

我看机不可失，从后门偷溜出去，还好辅导员没到宿舍找我，让我躲过一劫。

～

说好十号当天搬离宿舍，九号晚上我就悄悄搭上夜间巴士，一路颠簸了两天才回到家。

"姐，我以为妳明天才会到家，"暖暖的眼光重新回到手捧着的漫画里，"妳的狗可想死妳了。"

不用她说，长耳朵柯基已经用行动表达它的思念（我的脸被它的口水糊了一脸）。

"妈呢？"我抱起狗坐在沙发上问。

"打牌去了，也不知她从哪儿找来的牌友，老有牌局，把家当成了旅馆，爸现在反倒低声下气的。有一次爸煮好饭，让我去唤妈回家吃，妈硬是不肯，还说外卖经济实惠，也不用刷碗，她就和牌友在牌桌上吃了，把爸给气得头顶冒烟。"

打从有记忆以来，我爸就是个甩手掌柜，连妈生完暖暖，还得下床给他张罗吃的。我不过是看妈辛苦，给她端了杯开水，她竟抱着我哭得撕心裂肺，当时我还以为是自己做错事，内疚了好一阵子。

"爸人呢？"我边抚着长耳朵柯基的毛边问。

"不知道，整天神神秘秘的，可别又撩小女生去了，妈若发现，又有的吵。"

我一直以为女人只会被有颜、有才或有钱的男人所吸引，看来也不是绝对。好比我爸，头发稀疏且有大肚腩，除了扮酷没什么才能，而最最重要的是—他没钱，可是照旧有花蝴蝶扑上来，真是费解！

"暖暖，妳不是快高考了吗？"我端起姐姐的架势，"怎么还在看漫画？"

"还不是妳，有人告诉我这本漫画里的男主角长得跟妳很像，所以我借来看看。"

"结果呢？"

"当然还是姐帅。哎！如果妳是个男的就好了，我一直想要有个哥哥。"

不只她想，我也无时无刻不想成为男的。

"我回房了，明天还得早起呢！"我说。

暖暖提醒我明天是周六，我答我知道，若不是同学会定在这一天，我也不会急着赶回来。

"哈哈！搞不好妳会发现同学会上已有人拖儿带女了。"她说。

我也想过，这没什么大不了的，只是有人提早上车罢了。话说回来，如果不是为了见一见郭美芳，这个同学会我大概不会参加。

暖暖问我谁是郭美芳？

"她是我的前前高中同学，因为考试时丢了张写满答案的纸条在我桌上，间接害我被退学。我倒不觉得有什么，她不一样，听说为了这件事抑郁了好一阵子，连高考也没参加，就宅在家里。"我摇头叹息，"真可惜，她的成绩起码能上个二本。"

"所以明天妳是去解救她？"

"算是吧！把话跟她说开，也许她就不会再抑郁了。"

"哎！真是多情种子。"说完，我妹又一头栽进漫画里。

其实还真被暖暖给说对了，别看我打起架来很凶狠，其实内心比谁都柔软，看到弱势群体总忍不住想扶一把，尤其见不得女人掉眼泪，她们一哭，我就彻底没辄了。

我把长耳朵柯基小心地放在地上，然后把门口的两件大行李箱拖进房内。没等东西都"各就各位"，我便和衣而睡，因为坐了近两天的巴士，我的骨头几乎散了，急需休养生息。

第七章/郭美芳

我的家乡在江南，属于长江三角洲其中的一个小城镇，繁华程度虽然比不上一线城市，但该有的还是有，譬如小资必备的星巴克咖啡店以及有外国进口食品的高档超市。五星级酒店当然也不会少，像喜来登、四季、万豪……等。简言之，我的家乡绝对不是什么破山村或贫困县，所以当得知同学会的地点选在离市区40分钟车程远的地方时，我当是举办了农家乐，也算图了个新鲜。没想到迎接我的是一个货真价实的楼盘，售楼小姐在门口一字排开，笑容可掬。

"这个位置是偏了点儿，但发展空间大，以后会有高铁站及双语学校，大润发也会进驻，有兴趣了解一下。"班代表哈着腰说。

"我不知道你成了开发商。"

"不是开发商，是开发商把房子交给我卖，"他给了我一张名片，"我开了家房地产中介公司，就在万达广场附近，有空找我喝茶哈！"

现在我终于知道为什么我这个被退学的人也会在邀请名单内。

话说回来，这是同学会，再怎么激进，也不应"公器私用"、"挂羊头卖狗肉"才是。我不禁有种上当受骗的感觉，可是才过没几分钟，我的想法变了，这里其实没想象中那么不堪，不仅满眼翠绿、鸟语花香，还有一大片粉红螺子黛，我已看到好几名"故同学"正在拍照，连脚边的鸭子也入了镜。

"看！苏青青也来了。"有个胖胖的女生喊，我想不起来她是谁。

结果一群女孩闻风拥上，叽叽喳喳问个不停。我来不及一一回答，一盘烧烤已经奉上。

"这个给妳，"女生指向自己的身后，"那边还有竹筒饭及土窑鸡，不过得等。"

说话的人叫什么珍来的，在前前高中时期就很照顾我。

"小珍，谢谢妳！"我接过餐盘，很温柔地对她说。

那个叫什么珍的听完很高兴，因为我还记得她的名字。

回到同学会现场，虽然我的手里已经有吃的了，但女孩们还是又为我端来更多。

"够了够了，妳们也吃，别光给我。"我说。

然而"言者谆谆，听者藐藐"，面对像山一样高的烤物，我选择躲到厕所里冷静一下。

等我冷静过后走出来，一位售楼小姐逮住我，说："妳家有四口人，买双併别墅合适。我是老同学不会骗妳的，这个楼盘好，现在不买，以后就高攀不起了……"

"妳是……美雅？"

"正是。"

售楼小姐的圆脸依旧，像极动画片《小蜜蜂》里的美雅。

我问她怎么也卖起房子来？

"有什么办法？嫁鸡随鸡呗！老潘说要干点儿事，做妻子的再怎么也得支持，否则上有老，下有小，柴米油盐都是钱。"

原来班代表和美雅走在一起，不仅开了家公司，连孩子都有了，而我还是初出茅庐的社会新鲜人。

"既然是老同学，妳也知道我家经济状况一般，哪住得起别墅？"

我不过是随口一答，美雅即刻拉我坐下，同时拿出另一个楼盘的设计图。

"这个是公寓，从这里走过去不到十分钟，是期房，钱可以慢慢付，一平米才五千，买个三居合适，不到一百万。"

"是不贵，等我妈在牌桌上赢了钱，我立马过来付首付。"

我一起身，不巧撞上路过的人。

"对不起。"道完歉，我赫然看到久违的人，"是妳！"

郭美芳沉默一会儿后，小声地答："对不起。"

"哪里，是我起身太快撞上妳了。"

"不，是我不对，"她鞠了个躬，"对不起！"

美雅知道那件陈年往事，她拉我们到售楼处最里面的办公室。

"我在门把上挂了'非请勿入'的牌子，妳们慢慢聊，不用赶。"美雅笑嘻嘻地说。

门关上后，尴尬的气氛也随之而来。

"咳、咳、坐，"我为她拉了把椅子，"最近好吗？"

她坐下后，答："不好……妳怎么站着？"

于是我也坐下。

彼此无言片刻后，我问她为什么不好？

"我一直都不好，自从害妳退学，我无时无刻不在谴责自己，如果时光能倒流，我会主动承认错误，不让妳背黑锅。"

原来传言是真的。

"其实大可不必，我在新学校过得很好，也考上大学，不，确切地说已拿到大学毕业证。那件事对我而言不过是人生中的小插曲，如果早知道它成了妳过不去的坎，我会及早要妳别放在心上。"

她摇摇头答晚了，我问什么意思？

"自从妳离校后，我的心思完全不在课业上，连高考也缺席了。后来父母要我考专科学校，我是去了，但交了白卷，从此在家一待就是五年，每天主要只做一件事。"

"什么事？"

她看着我，欲言又止。

"没事，妳说我听。"

"我曾到妳就读的大学偷偷看妳，想到妳已经是一名大学生，而我只有高中学历，妳肯定要看轻我了，我是如此卑微……"

说完，她的眼泪啪嗒啪嗒地滴落下来。

我说过自己最见不得女人掉眼泪，她们一哭，我彻底没辙了。

"嘘～别哭，"我抹去她的泪水，"我不会看轻妳的，妳想多了。"

没想到她以迅雷不及掩耳的速度握住我的手，像握住了救命稻草，刹那间我有种很不真实的感觉。不，肯定是哪里出错了！

"等等等……"我使劲抽出自己的手，"呵呵！手没洗，脏！"

结果她反而扑上来，还因用力过猛，椅子倒了，我们同时跌落在地上。

没等我反应过来，她一翻身将我压在底下。

"青青，我爱妳！"说完，她的唇吻住我的唇。

第八章/投河自尽

"停！"我推开她，并且站了起来，"妳……妳要不要……要不要去看医生？"

"医生？妳就是我的医生，我已经生病很久了，只有妳才能治愈我。"

完了，粘上橡皮糖了。

我扶她站起，又帮她扯扯弄皱了的裙子，然后好声好气地规劝："听着，妳是我的好姐妹，不止妳，班上的每一位女同学都是我的好姐妹，我不会喜欢妳多一点儿或少一点儿，妳懂吗？"

"那么过去五年，我为的是什么？"她颤抖着问。

"我不知道，也许妳该问问妳自己。"我摸摸她的头，"结婚时可别忘了发喜帖给我，我一定到场观礼。"

听说同学会那一天有三个人付了购买别墅的意向金，最后成交了两套。最近的房地产市场疲软，班代表和美雅也算小赚

了一笔，以致办同学会的费用也没催大家分摊，只要求我们帮宣一下这个楼盘，只要成交，一万元佣金立即奉上！

我没兴趣搞这个，因为自己已经在离家约五公里远的丧葬公司找到工作，职位是销售，说白了就是蹲守在医院重症病房或太平间，负责与哭哭啼啼的家属产生共情，这叫"临终关怀"（关怀的是未亡人）。一旦得到他们的信任，也许能抢下一个单子，至于是大单还是小单全凭运气。

是这样的，我们的公司做的虽然是殡葬手续类咨询与代办，但其实是一条龙服务，从布置灵堂、代办死亡证明到入殓、骨灰盒销售、选择墓地……等，不一而足。如果家属想把丧事办得风风光光、体体面面，那便是大单，反之则是小单。

"苏青青，妳的毛病就是拉不下脸来，如果下礼拜再没有订单，我也只能请妳走路，毕竟谁的钱都不是大风刮来的。"老板对我说。

三个礼拜过去了，我一个单子也没抢到，不是我不努力，而是别家的销售太厉害，谁能拒绝哭得比自己还伤痛，只差把心挖出来奉上的人呢？

我不能怨老板，毕竟他给过我机会，是我自己不行，哭也哭不出来，遑论安慰刚失去亲人的陌生人。

"喂！"老板娘走过来，"那个女的辞了，说是晦气，她婆婆不让她碰小孩。"

我们的老板娘只会唤老板"喂"，以致我老忘了老板叫什么来着。

"切，又不是让她接触死者，有什么好晦气的？"老板不以为然。

"喂！"这次老板娘把眼光落在我身上，"要不由妳代替那个女的，除了底薪还有提成，做得好，月入数万元没问题。"

没想到老板娘也唤我"喂"，看来她真记不住人名。

"工作内容是什么？"我问。

"跟客人介绍及推销棺木、骨灰盒或墓地。"她答。

我想了想，为了数万元的底薪加提成，我豁出去了。

"拜托！妳根本不是干销售的料。"老板给我泼冷水。

也难怪，刚刚我才因"销售不佳"，被他下了最后通牒。

然而事实证明他错了，我只是不擅长"演戏"，推销实物的能力还是有的。

果然一个月后我便转正，月薪也如同预期过万，不禁踌躇满志，因为离自己的目标又更近一些。

这一天，老板娘突然提起几日前有个女的投河自尽，昨天才打捞上来，父母认尸时还昏了过去，可怜呀！白发人送黑发人……

我问死者可是本地人？

"是的，听说家里开面店，就只有这么一个女儿，因为精神出了点儿问题，已经在家啃老好几年了。"

听完，我的心喀噔了一下

"她……她为什么自尽？"我问。

"谁知道？现代人动不动就抑郁，我看是闲出来的，把人丢进丛林里试试，保证看到猛兽跑得比谁都快！"

老板娘的一番话把老板逗得哈哈大笑，他说没想到自己的老婆这么睿智及风趣，怎么以前没发现？

趁他俩心情大好，我提出外出，因为跟客人约了看灵骨塔。

"尽可能推销墓地吧！这个提成高。"老板娘想了想，给我支招，"妳就跟客人说墓地好比别墅，灵骨塔则是公寓，仙逝者若住得好也能庇佑家人及后代子孙。"

我发现老板娘真是个人才，看事情往往脑洞大开，老板也算是捡到宝了。

"知道了，我去去就回。"我答。

我没带客人看灵骨塔，而是骑上电动车，风驰电掣地往郭美芳的家骑去。当我看到她家大门紧闭，门扇上还贴着一张白纸条时，吓得目瞪口呆。

为什么？为什么郭美芳会想不开？难道是因为我？不，不可能的，我没那么大的影响力去左右一个人的生与死……

"要死了！妳是怎么骑车的？"河东狮吼声响起。

由于惊吓过度，我把车骑得歪歪扭扭的，没真的撞上提菜篮子的大妈，还真是万幸！

"姐，妳听说了没？最近有个女的跳河自杀，捞起来时身体鼓得像只气球。"

"没听说，"我板起脸孔，"考完高考妳也该帮着做点儿家务，碗是不是还留着给我洗？"

"怎么会？"她嘻皮笑脸的，"今天我还把抽油烟机给擦了，保证厨房干干净净，亮瞎妳的眼。"

换作平常，我会怼上几句，今天心情不好，所以提早打退堂鼓。

"我回房去了。"

"姐，"暖暖唤住我，"有妳的快递邮件，我放在妳的床头柜上。"

邮件？该不会是……

我三步并做两步，往房间奔去。

第九章/西西弗斯

这个牛皮纸袋鼓鼓的，怕是装了不少东西。

我拿出剪刀剪开封口，发现里面塞满了信件，都是未开封，每个信封的右上角还被写上数字，并且依序排列。我的手直接伸向最后一封，数字228。

阅读完毕，我把信纸重新折好塞进信封里，接着放回牛皮纸袋内。

隔天天没亮我就骑电动车出门，一直骑到小河口。下车后我走向岸边，河水很湍急，我看得出神，直到附近开始有晨跑的人，我才把牛皮纸袋取出，并且点燃一把火，就在熊熊烈火中，我跟一个痴情女子告别。

"对不起，妳爱的人不是我，我没那么好。杀死妳的人也不是我，而是妳自己，妳把自己编进悲剧里。很抱歉，我无法同情妳，妳让我讶异、让我感到莫名其妙。请一路走好，同时别再来找我，我承受不起。"我默念着。

当牛皮纸袋烧得只剩灰烬，我扯下一根树枝，把灰烬全扫进河里，望着飘浮在水面上的黑灰色残渣，我的愧疚也随之而去。

说起这件事，我的确挺冷酷的。实话告诉你，虽然我对女人很怜香惜玉，但不代表我会跟随魔杖起舞。这么说吧！我是吃软不吃硬，给我来软的，什么都好商量，若是硬着来，甚至以死示爱，抱歉！我不吃这一套。

随着时间推进，一眨眼已经到了来年开春，虽然天气仍然有点儿冷，我还是毅然决然跟着计划走。

从我的家乡到乌鲁木齐有三千八百多公里，坐火车大概需要两天的时间，硬座的票价438元；坐大巴便宜一些，但得到杭州转车，前后大概需要三天的时间。

考虑再三，我还是选择坐大，原因无他，囊中羞涩呗！

本来过万的薪水不致于过得如此惨兮，但暖暖考到外地的大学，而我妈和我爸又打得不可开交，恶脸相向的结果便是各自甩担子不挑，结果我的薪水不仅要拿来养活四口人，还得资助我妹上大学。

"姐，现在我才发现妳是最爱我的人。放心，等我大学毕业找到工作，一定涌泉相报！"暖暖噙着泪水说。

"哎！都是自家人，谈什么回报？"我答。

话说得云淡风轻，但只有自己心里清楚，我是"打落牙齿和血吞"，而随之而来的下场便是将我的既定行程一拖再拖。眼看春天来了，我若再不出发，下一次的长假恐怕得等到国庆假期，而那之前我妹又得交学费和住宿费……

瞧！我像不像希腊神话里的西西弗斯？好不容易把巨石推上山，它又滚落下去，周而复始，没完没了。

"妳这是去哪里？"妈放下碗筷问。

"去乌鲁木齐见个朋友。"

"怎么没听妳说还有个新疆朋友？"爸问。

"你们两个成天忙着吵架，什么时候关心过我？连暖暖的学费还是我付的！"

妈说天地良心，她和爸把我们姐妹俩拉扯长大已经很不容易，如今我的薪水多，帮衬一下家里人怎么了？羊还有跪乳之恩呢！

"妳妈说的没错，知恩图报懂不懂？"我爸助攻，"另外，暖暖也不是非得读大学不可，好比妳现在的工作，小学学历也能做，何必浪费四年的时间和金钱？"

我冷冷地答除非自己当老板或做苦力，现在哪里还有招小学学历的行业？再说，暖暖当然得读大学，眼界开阔了，找对象也容易找到志趣相投的，省得整天和枕边人对打，把家里搞得乌烟瘴气、鸡飞狗跳……

"苏青青，"我妈怒拍桌子，"妳是不是皮痒了？"

"道不同不相为谋，"我拉起行李箱，"预计两个礼拜后回家，如果没回，就是死在外面了。"

我爸飞扑过来，被我挥手一挡，像鸡蛋碰石头，蛋液流了一地。

"我已经不是弱不禁风、逆来顺受的孩子。听着，养老送终的事我会尽力做到，再多没有了，你们自己看着办！"

说完，我头也不回地走了。

第十章/轮回转世的小河公主

到乌鲁木齐的公路有三条，目前车流量最大、安全系数最高的一条便是连霍高速。当车子穿过瓜州开进星星峡时，新疆的交警上车检查，乘客则下车步行通过检查站，再上车时，巴士外的景象便"每况愈下"，除了行道树、黄色草原和高压电塔外，基本人烟罕见，一直要到哈密才能下车休息。

就在摇摇晃晃的车厢里，我边看窗外萧条的风景线边回忆起老教授说过的话。

孩子，我现在要告诉妳一个真实故事，这个得从八十多年前开始讲起，妳听好了，别打岔，否则我恐怕衔接不上。没办法，人老了就是这样，脑子不好使。

小河公主最早于1934年由瑞典考古学家贝格曼首次发现，当年担任向导的是罗布人奥尔得克。在这里插一句，罗布人是新疆维吾尔族的一支，以打鱼狩猎为生。

我父亲当时正在罗布泊采集民间歌谣，一听说此事，央求奥尔得克也带他一探究竟。然而从小河墓地回来后，我父亲便得了怪病，老说要到伊朗解救小河公主。当时全世界大小战役不断，中东情势尤为兵连祸结，就算拥有钢筋铁骨，当时我家经济拮据，父亲病了之后更是雪上加霜，连到县城的交通费都没有，遑论出国。

我十五岁时，父亲已经疯言疯语了将近三十年。某天，他指着地图告诉我，小河公主已经轮回转世到了开罗，他得到开罗找她。

"谁是小河公主？找到了又怎样？"我问父亲。

"小河公主是一个美丽的女人，只要找到她，我和她都能得到救赎。"

"如果找不到呢？"

"小河公主每三十年会轮回转世一次，如果1993年之前没找到她，她便会死去，然后重新投胎到……"父亲查看地图，最后指向面对波斯湾的一个城市，"迪拜。"

这是第一次我听到"迪拜"这个城市名称。

"世界上的女生那么多，你要如何认出小河公主？"我极具探究精神地问。

"呵呵！每晚她都会出现在我的梦里，我对她再熟悉不过。对了，有一天她还送我一块玉，像凝固了的雪白脂肪，漂亮极了。"

父亲很少跟我说那么多的话（通常他只会对着空气说话），所以印象非常深刻。

没想到谈话过后的那天晚上，我的父亲便不知所踪，再见面时，他已经成了一具冰冷的尸体，谁也不知道他何时登上了航向开罗的货轮，并且神不知鬼不觉地躲进食品冷冻库里。

母亲听闻死讯，一滴眼泪也没掉，匆忙将尸体火化，并且把捡拾骨灰的工作交给我。当时的我虽然只有十五岁，却是家里惟一的男丁，面对母亲委托的重任，我坦然接受。

"小子，你挑几个放进坛子里吧！"火葬场的师傅对我说。

原来尸体火化后不全是灰烬，还会有一些小碎骨。

"可以全部都要吗？"我问。

他看了一眼我怀里的骨灰坛，答："你若塞得进去就塞。"

结果不管我怎么努力，最后一个橄榄大小的骨头就是塞不进去，我只好把它放进兜里。

母亲洗衣服时并没有发觉，我是在偶然情况下忆起，并且赫然发现它不是父亲的骨头，而是一块洁白无瑕的玉，因为火化时被骨灰给掩盖住，所以看起来像一块焦黑的骨头。

是的，后来我研究考古多半受了父亲的影响，并且如愿跟着考古队来到小河遗址。去过梦寐以求的地方后，我更坚信父亲的言论，因为当晚我也梦见小河公主了，她要我到开罗找她，可是那时的我已经娶妻生子，为了家庭缘故，即便后来有出国的机会，我也放弃了。现如今，小河公主应该已经轮回转世到了迪拜，算一算，她的年纪二十有六，我也到了古稀之年，已经走不动了，我希望由妳接下这个棒子，到迪拜找她，省得她一直轮回，到不了极乐世界……

哈密往西一两百公里的范围内经常会出现大风扬沙的景观，号称"百里风区"。据当地人说，风大的时候，连货车都能给吹上天，难怪我们在哈密休息区休息时，大巴司机查了一下天气状况才上路，可惜天气预报也有出差错的时候，这可不，风沙滚滚，不仅车子左右晃动，还屡次被吹到隔离带之外，还好对向来车不多，否则岂不撞个正着？

"不行，这视野太差了，跑车很危险。我现在路边停车，你们都坐好了，别乱动！"大巴司机对我们说。

这大概是有生以来最接近死亡的黑暗时刻，耳边尽是呼啸而过的风声，如果仔细聆听，像有人在低泣……噢！不，是真的有人在低泣。

"别哭，等会儿就出大太阳了。"我温柔地对前座的小女孩说，她正趴在靠椅上直盯着我瞧，泪眼汪汪的。

"Dubai." 她说。

"什么？"

没等来她的回答，神奇的一幕发生了，车体经过猛烈摇晃后突然静止不动，此时车外阳光普照，仿佛方才的一切不过只是梦一场。

"好了，危机解除，"司机重新发动车子，"我们可以上路了。"

乘客们纷纷欢呼雷动，我这才留意到前座坐着一位瘦小的男子，那么小女孩哪里去了？

我站起身来寻找，可惜从车前找到车后依然无果。奇怪，莫非我眼花了？

"请问，"我问那个发育不良的男人，"你一直坐在这里吗？有没有看到一个小女孩？她有棕褐色的卷发，眼珠子是蓝色的，很大、很漂亮。"

"我一直坐在这里，没看到妳说的小女孩，除非妳指的是坐我隔壁的。"

他的隔壁坐着一位老妪，没有八十也有七十了。

"谢谢！打扰了。"我坐下，感觉挺莫名其妙的。

等车子摇摇晃晃地抵达乌鲁木齐，我的心才豁然开朗。

"啊！终于到了，我就要和小河公主见面，太叫人兴奋了！"我心想。

长途汽车站附近有出租车站牌，排在我前面等候的正是大巴上那名瘦小的男子。

"到哪儿？"司机摇下车窗问。

"北京南路。"

"上。"

我忙唤住那名"短小精悍"的男人，问能不能一起拼车？我也要到北京南路。

"行，车资一人一半。"他豪爽地答。

我要去的地方是北京南路东2巷3号，心想反正同一条路，他在哪里下，我便跟着下，再远也远不到哪里去，没想到踩了狗屎运。

"学……学长，我……我……能跟你一起进去吗？"我满怀期待地问。

"妳是……"

"我也是学考古的，"我把大学毕业证书从包里拿出来给他看，"去年我曾到阿拉尔下田野，阿拉尔……你知道吧？！"

"知道，它位于天山南麓，同时也是阿克苏河、叶尔羌河、和田河的交汇处，离这里约有12个小时车程远。"

"呵呵！太好了，我们都知道阿拉尔在哪里……"

与我的强颜欢笑不同，"学长"的反应很冷淡，让我的自信心瞬间垮掉一大半。

"妳知道这里是考古研究所吧？"他问，样子像在拷问一个笨蛋。

"知道。"

"没有这个牌子，"他举起脖子上挂的名牌，"妳—进—不—去。"

我表示正因如此，才会央求他带我进去（否则我干嘛装得像个孙子？切！）。

"我为什么要带妳进去？我有这个义务吗？"他问。

"你是没有这个义务，但看在我不辞千里远道而来的份上，能不能……"

"不能！"

没想到"学长"人小脾气大，直接让我吃闭门羹。

被人晾在外面的滋味挺难受的，还好我没有玻璃心，心态调整一下后，立马又生龙活虎。

"如果三两下就能混进去，那就不好玩了，不是吗？"我极具阿Q精神地想。

第十一章/八万块钱

乌鲁木齐也有五星级大酒店，像是环球国际、美丽华、希尔顿、万达文华……等。五、六百元的房费说贵不贵，可是我仍然选择去住一晚只要25元的青年旅舍（还是那个"入不敷出"的破理由），虽是上下铺的六人间，卫浴还得共用，但比起大学宿舍，那要好太多了，只是位置有点儿偏，我得坐半个小时的公交车才能抵达北京南路，还好北京南路很繁华，但凡吃的喝的用的，步行距离都能搞定，所以我打算天一亮就去蹲守，天道酬勤，不信进不去。

然而连续蹲守了五天，除了脸颊被吹红外，一无进展，保安甚至怀疑我有不良的企图，赶了我好多次。哎！人生至此也算是触底了，谁能想到平常自视甚高的我，有一天也会虎落平阳？

"妳怎么还在这里？"小个子男人问。

我正怀疑这个男人怎么突然人间蒸发？没料到今日又碰上，我赶紧把吃到一半的馕扔下。

"学长，我不是坏人，如果不信，我的身份证让你收着。"我说。

他一语不发地转身离开，我追了上去。

"拜托！只要让我见小河公主一面就好，只是看看，我要求的不多。"

"还说要求的不多，"他停下脚步，很义正辞严的，"小河公主是国宝，岂能轻易示人？妳还是赶紧走吧！否则我叫保安了。"

看他仍是一副"公事公办"的嘴脸，我放弃低三下四，躲到角落继续吃另外半张馕。

实话说，新疆人的馕做得太好了，既结实又有嚼劲，同时还经饿，一张馕可以抵到下午五、六点钟，等于变相帮我省了餐费。

然而到了中午时分，我还是破了戒，因为"学长"外出用餐，为了套近乎，我不得不跟着"陪吃"。

只见他兜兜转转后来到一栋建筑物的二楼，入口很不好找，如果没有熟人带路，估计找不着。

"羊排抓饭。"他说。

"二十元。"

我的动作比他还快，把二十元掏出来给老板。

"妳这是干嘛？二十元就想收买我？休想！"说完，学长丢下自己的二十元。

这实在太令人尴尬了！

餐厅老板看着我，等我做出反应，我只好说也给我来个一模一样的。

小个子学长后来找了个靠窗的位子坐下，我也厚着脸皮和他坐一块儿。他倒没赶人，大概看吃饭的人多了，免不了要和他人拼桌。

"这抓饭里有鹰豆、胡萝卜和葡萄干，既营养又开胃；羊排也好吃，完全没有骚味。还有，小菜和奶茶是免费的，可说是物美价廉。"

"妳在做吃播吗？"他问。

"什么吃播？我只是不知道如何打开话题，好比英国人，但凡找不到话题就谈论天气……"

学长冷冷地表示他不介意"安静"地吃顿饭，所以我不用费尽心思找话题。

"可是……"

我话还没说完，几名横眉竖目的壮汉围了上来。

"你小子还有钱吃饭，看来不是真穷。"一个脸黑、肚腩大的男人说。

"我……两天才吃上一顿。"

"我信你个老母鸡！"另一名男子说完，用力踢了我们的桌子一脚，害我的羊排跌出盘外，"你把我大哥的话当成屁吗？"

此时柜台那个外表和善的餐厅老板提着刀过来，表情严肃地问流氓要店里解决还是店外解决？

"得，"黑道大哥转身面向学长，"我们在楼下等你，你慢点儿吃，小心别哽住了。"

脚步声远去后，我站起身往窗外看去，他们果然在楼下守候。

"你怎么办？"我重新坐下，"他们还拿着长短兵器。"

"能怎么办？"学长塞了一大口饭，"兵来将挡，水来土掩。"

我问要不要报警？他答报警也没用，这是民间借贷纠纷，躲得了一次，躲不了第二次，如果不是孩子病了，他也不会借高利贷……

说完，他泪如雨下。

我说过我见不得女人掉眼泪，那是因为从来没有男人当着我的面落泪，如今我终于知道，相较于女人的眼泪，男人的眼泪更具杀伤力，搞得我浑身难受。

"多少钱？"我问。

"八万。"

"八……八万。"

"原来没那么多，利滚利变成了八万。"他解释。

真是糟糕！我的银行卡余额只有一万多，就算两天后薪水到账也不过三万，离八万块甚远。

"你放心，待会儿我先取一万块给他们，其余的我再想想办法。"

他抹去眼泪，问我为什么要淌这个浑水？

"我也不知道，大概见不得男人掉眼泪吧！"我答。

我打电话给小月姨，说自己改主意了，愿意陪她到三亚度假。

"为什么？"她问。

"为了钱。"

她停顿了一会儿，问我要多少？我答八万。

"把妳的银行卡信息发过来。"她说。

不到两个小时，手机短信发来汇款到账通知，我立马取款给学长。

"这……这叫我如何说是好？"他的眼睛湿润了起来，"妳放心，一有钱我会还妳。"

"当然得还，我也是借来的。"

他望着用报纸包着的纸钞发愣，眼看好几分钟过去了，他依旧无语，我只好催促他赶紧还钱去，省得又利滚利。

"今晚十二点，妳到考古研究所来。"他小声地说。

我要他大可不必如此，帮他是另外一件事，两者别混淆了。

"今晚十二点，逾时不候。"说完，他起身离开。

第十二章/巴士上的小女孩

按照老教授的说法，小河公主已经轮回转世到了迪拜，所以就算我看到了她的真身又如何？不过是具空皮囊而已。

实话告诉你，我对老教授的说法半信半疑，虽然他把那个橄榄大小的玉勒子转送给我，仍没打消我的疑虑。这么说吧！如果轮回转世一说成立，小河公主为什么只告诉老教授的爹，而不是更年轻的我？还有，二辩那天老教授曾发誓若开玩笑，不得好死！结果隔天他就服毒自杀。我不知这算不算"好死"，但终究是死了。换言之，如果他真是胡诌而遭报应，我却信以为真，岂不傻逼？

"妳终于来了。"学长说。

我看了一眼时间，oo:o5，迟到五分钟。

"对不起，来时的路上遇到一只流浪猫，它……"

"别废话了，赶紧进去吧！我已经跟保安说好了，他会睁一只眼闭一只眼。记住，只能看，什么东西都不能碰，懂吗？"

我点头，然后他交给我一张简易地图（不知道的还以为是命案现场绘图，因为他以一个人体轮廓代表小河公主）。

"你不跟我进去吗？"我问。

"不，让妳进去已经有违我的职业道德，我不想做更过分的事。"

好吧！我理解。

"那……我进去了。"我说。

他挥挥手，然后转身背对我。

～

这个简易地图其实是多余的，因为我只要跟着灯光走就是。

"妈的，这个感应式灯光竟然是预先感应，未免也太酷了！"我心想。

是这样的，对于初次到访的人而言，这个研究所宛如一座大谜宫，好在有灯光指引，即使不小心走错方向，灯光也会在下一秒亮起，好让我重回正轨。

好了，要言不烦，我就直接给你说说初见小河公主的刹那。啊！那真是激情时刻，她果然如同传说中一样美丽，眼睫毛密又长，脸很小，五官比例刚好（大概就是所谓的黄金比例脸），虽然两颊深陷进去，仍看得出是一张倾国倾城的容貌，至于身长……应该不到一米六。

我走过去，好更靠近女神一些，她被罩在玻璃柜下，睡得很安详。

"嗨！我是苏青青，初次见面，请多关照。"我说。

虽然我们曾在梦里相会，但真正面对面还是头一遭。

"碰！"什么东西落了地。

我转过头去，竟然是巴士上的小女孩。

"妳怎么在这里？"我左顾右盼，"妳父母呢？这个地方不是妳能来的。"

"Dubai." 她答。

Dubai? 什么Dubai?

"碰！"我的身后又发出声音。

我转过头去，除了小河公主静静地躺在玻璃罩下外，没有任何异样，于是我又将目光转回来，可是小女孩已不见踪影。

妈的，这是撞鬼了吗？

即便我是"苏大胆"，此刻也吓破胆了，忙往出口处奔去，还好灯光再次帮忙，不一会儿的工夫便逃出考古研究所。

"我以为妳停留的时间会长一点儿。"学长说。

"我也以为我停留的时间会长一点儿。"我惊魂未定地答。

"请把包里的东西及口袋里的东西都掏出来给我看。"

我问为什么？他答怕我拿了研究所里的东西。

切！就这么不信任我？

虽然不高兴，但我还是很配合他的工作，毕竟在常人眼里的垃圾，很可能是考古学上的重要证物。

"这是什么？"他拿着一个雪白如脂的东西问。

"别人送的礼物。"我答。

他边转动着橄榄大小的玉边说："这个东西很古老啊！上面还刻有桨形及卵圆形的线条。"

"是吗？"我把玉抢回来查看，"这你也看得出来？我还以为是自然形成的裂痕。"

学长答他之所以留意到是因为小河墓地的每具棺材前都有一个立柱，男性死者的呈桨形，女性死者的呈卵圆形。简言之，前者象征男根，后者象征女阴，有祈求部落人丁兴旺的意思。

"原来如此。"我喃喃道。

"是谁送妳这么珍贵的东西？"他问。

"是……不告诉你。"

"也罢。"他抬头望天，"时候不早了，我们各自回去休息吧！"

我唤住他，问研究所里的感应式灯光是怎么回事？竟然还能指路，这太神奇了。

"什么感应式灯光？研究所里的灯都是手动的，经费紧张，所里不可能把钱花在无用之处。"他答。

第十三章/小月姨

来时的路上花了三天的时间，回去同样也是三天，加上蹲守在考古研究所外的五天，刨头去尾的，回到家已是年假的最后一天。

"姐，妳去哪里了？我以为起码能跟妳看场电影。"暖暖说。

我把行李扔在门口，有气无力地躺在沙发上，连逗一下长耳朵柯基的力气都没有。

"看什么电影？过不了几天，视频网站就能看，还不用人挤人。"

"这妳就不懂了，大屏幕和小屏幕的视觉效果不一样，看《復仇者联盟》这种大片还是得用大屏幕看才刺激。"

"什么呦！一场电影至少得几十元，妳姐就为了省这个钱，在路上多颠簸了好几个小时，把骨头都给震散了。另外再告诉妳，封闭式车厢里什么味道都有，连在休息区吃碗泡面也能把酸菜牛肉的味道给带上车。"

暖暖咯咯咯地笑，她说我太夸张了。

"爱信不信！"我左右张望，"妈和爸呢？"

"听健康讲座去了。老实说，只要不吵架，他俩都能长命百岁，还听什么讲座？"

这次换我哈哈大笑。

在笑声中，我忽然忆起我妹怎么这个时候回家？大学不是还在上课吗？

此刻暖暖突然变得扭扭捏捏的，我要她有事启奏，无事退朝！

"我打工的奶茶店倒闭了，所以回家蹭吃蹭喝。"她答。

这个理由听起来很正当，但我有不祥的预感，她肯定有事掖着。

"还有呢？"我问。

"我想报雅思网课，需要两千多元，可是我拿不出来……至少目前拿不出来。"

"妳学对外汉语的，考什么雅思？"

暖暖答对外汉语的外语也要好，毕竟面对的学生都是外国人，不过最主要的原因是她想到美国深造，然后找份教职留下来。

这真是颗巨弹，炸得我头昏眼花。

"爸妈都知道吗？"

"我想等一切都确定下来再告诉他们，省得念念叨叨，搞得我心烦意乱。"

说的也是。

我二话不说，把手机拿出来，几分钟后暖暖便收到汇款。

"姐，不需要这么多。"

"拿着，除了补习费，考试用书总得买吧？！还有，别老穿那几件，妳不腻，我可看腻了。"

打肿脸充胖子的结果便是银行卡里只剩下九千多元，现在是月初，而我还得给父母买菜钱及零花钱，以致连牛仔裤的膝盖部位都磨破了，我也舍不得换下。

"妳何时改当丐帮帮主了？"老板问。

我一笑置之。

然而老板娘可没老板有气度，她直言好歹我也是销售，穿得太差会被人看扁。

"妳out了，破洞牛仔裤是时尚，连破在哪里都是有讲究的，好比Amiri，等闲也要一万多元一条。"我说。

"就算是时尚，我也接受不了，要嘛妳换件衣服上班，要嘛就别来了，妳自己看着办！"老板娘答。

不会吧？！来真的？

我望向老板，他低下头去，一副事不关己的模样。

换作从前，我会立即拂袖而去，但现在不一样，被社会洗礼过后，我务实多了，代价就是时不时得装孙子。

"好！"我起身，"我这就买衣服去，绝对让你们刮目相看！"

我在外贸成衣市场逛了又逛，仍然下不了决心，原因无他，买完衣服，银行卡里的钱肯定短少，加上我是宁缺毋滥型，那些俗气的衣服根本不入我眼。

"青青，妳怎么在这里？"小月姨问，声音像是中了大乐透。

说起来小月姨还是我的客户，她老公去世后的一切琐事都是由我代办。看她守灵时哭得一把鼻涕一把泪，我便安慰了她一下，结果她把我当成救命稻草，说我是惟一关心她的人，别人则是假慈悲，目的是要钱。

想到后来我也因为义气，打电话跟她要了八万块，现在大概已经被她列入假慈悲的名单内了吧？！

"我……买衣服……工作服。"我小声地答。

"工作服不能在这里买，这些都是外贸退回来的尾货，要多Low有多Low。"

我百分百同意，但我口袋里的钱买不起高级品呀！

小月姨要我别担心，她什么都没有，就是有钱，跟着她就是。

一开始我们进的是香奈儿、巴宝莉、Prada……这类奢侈品牌女装店，老实说，即便是裤装也很"娘"，根本不符合我的Style。

后来我们又去了Boss、范思哲、阿玛尼……当导购传递过来怪怪的眼神时，我决定打退堂鼓。

"要不定做好了，我知道有个裁缝师傅的手艺挺好的，不过找他的人很多，估计得等。"

"不……不用了……我穿旧衣或网上随便买买就行。"

"怎么可以这么将就？妳还得陪我上三亚玩呢！我可不允许妳穿得像个流浪儿。"

她不说，我还差点儿忘记。

"那个……钱我会还妳，三亚的事……就算了，因为我把年假都用完了，今年已无长假可放。"

"我还以为是什么大问题，八万块就别还了，放假的事我负责跟妳老板说去，保证放行。妳就开开心心地买衣服，再开开心心地陪我玩，什么事都别想，也不要有负担，人生苦短，得及时行乐。"

我还是觉得不妥，于是当下她表示要买十个墓地。

"十……十个？"我睁大眼睛，"妳一个人也用不到十个呀！"

"所以妳就别再拖拖拉拉了，如果还是过不了心中那道坎，我只好买十个墓地，让妳荷包满满，花钱也自在些。"

哎！话都说到这个份上，我总不能让她因为我而买下十个墓地吧？！

"既然这样，我们到Bosie看看。"我说。

Bosie主打无性别设计，风格揉合高级和复古，又加了点儿潮品元素。自从无意间在杂志上看到，我就心心念念，只是价格太贵，一直没机会穿上。

"那好，妳带路。"小月姨答。

第十四章/香饽饽

小月姨其实是个命苦的女人，老公虽然多金却易怒，一个不痛快就打她。自从被打到流产后，她便再也怀不上，结果给了老公出轨的借口，如果不是小三的孩子后来亲子鉴定不符合，估计她老早被休了。

"那妳还哭得这么伤心干嘛？"我替她斟了杯功夫茶，"我还以为妳嫁了个模范老公，所以舍不得他离去。"

"我是哭我自己，忍了二十多年才等来春天，这……这他妈的也太折磨人了。"她拿出手绢按了按自己的眼角。

我说过自己最见不得女人掉眼泪，所以握了握她的手，给予安慰。结果她反握住我的手，嘴里说着我的好，如果早几年认识，她的内心也不会这么苦涩……

"呵呵！早几年我还是未成年人，"我用力抽出自己的手，"给妳当女儿正好。"

我以为替自己找了个台阶下，结果却给了她想象空间。

"对呀！我们在一起得有个名目。嗯……这样吧！对外妳就说我是妳干妈，我不会在意的。"

她不在意，我可在意，我又不是没妈的孩子。

"这事缓缓再说，"我把茶果盘往她的方向挪，"吃个冬瓜条，很配功夫茶。"

此时的我们已经买完衣服，我的和她的加起来有二十多件，她的部分已经委托店家送货上门，我则害怕父母盘问，选择自己拎着。后来小月姨说她腿酸，我们找了家茶馆喝茶，没想到茶资这么贵，两个人要三百多元，对二线城市而言，简直抢钱！

"妳也吃哈！"她又把茶果盘推回给我，"我就喜欢看妳吃东西。"

说完，她两眼直视我，目光炯炯。

我拿起一块腐乳饼咬了一口，那滋味真是……一言难尽呀！

隔天我穿着全新的Bosie上班，老板娘围着我转了又转，直说好看。

"当然好看，真金白银买的。"

"小月真舍得花钱……"她喃喃道。

"什……什么？"我的心喀噔了一下。

老板娘要我别装了，买衣服不是为了去三亚吗？放心，她已经同意放我假，想玩多久就玩多久。

"可……可是……"

"没什么可是，妳的工作，我和老头子分担了，如果真不行，再雇个跑腿的。"

我问小月姨给了她什么好处？

"海南不是免税吗？她答应回来后送我几件奢侈品，同时也给老头子带几条外国烟，妳说我好意思拒绝吗？"

完了！如果老板和老板娘知道了，代表整条街很快也会知道，我还要不要脸？

"小月姨也就这么说过一两回，我还没决定去不去。"

"去！干嘛不去？"老板开口了，"这个风骚女人若找我，半夜我也会爬过去。"

"喂！"老板娘推了老板一下，"想死是不？"

老板呵呵呵地笑，他说小月的老公留下数亿元遗产，他这是为了他们这个小家做牺牲，否则就算她倒贴，他也不鸟她……

虽然我跟小月姨只有数面之缘，连朋友都算不上，但听一个男人嘴巴不干不净的，着实心里难受。

"我去帮客户开死亡证明，下午还得布置灵堂。"我说。

"去吧！当一天和尚撞一天钟，尽量在度假前把手头的工作完成，省得交接时麻烦。"老板娘又露出她苛刻的一面。

"知道了。"我拿出电动车钥匙走出店外。

周五下班前我把工作交接了一下，老板娘问我何时回来？

"六号回来，七号应该可以上班。"我答。

"住哪家酒店？"

"小月姨说不住酒店，改住特色民宿。"

"一张床？"

老实说我也不清楚几张床，但我回答两张，而且是上下楼，有两个不同的出入口。

"真奇怪！一起出去玩却分开来住……"她喃喃道。

老板要老板娘别操那个心，两个女生能干出什么事？若真有什么，那也只是玩玩而已。

我没好气地答当然只是玩玩，不然还会是什么？论年纪，她能当我妈了！

～

从我的家乡到三亚没有航班，我们得到上海乘坐飞机。

当小月姨的大奔开进我家小巷时，引来左右邻居的注目，纷纷品头论足。

"快上车！"小月姨用手捂住口鼻，"妳怎能住在这种地方？"

我把行李丢进后车厢，快速上车，直到车子离开巷子口，我才答："不能住也住了24年了。"

"原来妳24岁，啧啧啧……血气方刚啊！"她说。

我以为"血气方刚"不适用在我身上，毕竟我是个女的（虽然我也经常怀疑其真实性）。

"这车是妳的？"我边抚摸车内的条纹黑桃木饰板边问。

"是的，我家还有兰博基尼和劳斯莱斯，妳都可以拿去开。"

我弱弱地答自己没有驾照。

"学开车不难的。"

"是不难，但养车很难。我现在骑的小牛电动车已经很好了，穿梭自如，也没有停车的麻烦，更不用缴纳停车费，好处多多。"

小月姨看了我好几眼。

"怎么了？"我问。

"青青啊！小月姨什么都没有，就是有钱，只要妳一心一意对我，我不会亏待妳的。"

我不知道她为什么老是谈钱，我虽不富裕，但也过得去（我指精神层面）。

"妳的钱自己留着，陪妳玩过三亚，也算两清。"我冷冷地答。

"看来我真没看错人，妳是真心对我好，而不是看上我的钱。"说完，她的嘴角上扬。

我顿时有种即使往自己身上泼粪，她也认为芬芳无比的感觉。

"是呀！我是完美的代言人，千载难逢。"我忍不住自嘲。

第十五章/鸡同鸭讲

这栋别墅位于海棠湾，两室两卫，有一个私人泳池，地下一层还有健身器材。

"妳有什么需要，打个电话给管家即可，哪怕要盒鸡蛋，她也会送过来。"小月姨说。

我边把电视柜上的摆饰拿起来查看边问："这样的别墅，一晚要价多少？"

她答八千。

"八千？"我扬起声。

"还有一万多的，只是我们只有两个人，用不到三间卧室。"

有句话"朱门酒肉臭，路有冻死骨"，八千块钱睡一晚，未免太过？

也许心有不平，当我把摆饰放回去时下手就重了些，结果那只红鹤的细长腿便应声断了。

面对突发状况，我下意识弯腰去捡，没想到它的断面如此尖锐，我的右手食指瞬间被划下一道口子。

这几滴血我根本不看在眼里，但是小月姨不一样，好像流血的人是她不是我。

"快来人呀！有人流血了。"她对着电话嘶吼。

没几分钟管家便来敲门，我的右食指因此多了块创可贴。

"我看还是找个医生看看，万一有破伤风怎么办？"小月姨忧心忡忡地说。

管家宽慰她这个玻璃切口很干净，没有尘土铁屑，问题不大，应该不需要看医生……

"我干女儿的命比什么都重要，妳现在把医生叫来，上门费我付。"小月姨趾高气昂地说。

虽然她的出发点很好（我还挺感动的），但为了这么点儿小伤把医生叫来，未免也太劳师动众了。

我决定转移注意力。

"肚子好饿啊！这里有吃的吗？"我问管家。

"有，妳们可以到餐厅用餐，也可以选择送餐服务。"

"谢谢！我们马上出门。"

管家离开后，我也催促小月姨整装出发。

"妳确定不看医生？"她问。

"看到这个疤没？"我指着自己的肩胛骨，"当时血流如注，我不过用生理盐水冲洗一下再盖上纱布而已，和这个比，今天的小伤像蚊子咬。"

直到用餐完毕，她才真正放下，而此刻已日薄西山。

"我们到海边走走吧！不是说夕阳无限好吗？"她提议。

我无所谓，反正她怎么开心怎么来。

小月姨说我真体贴，不像她那个死鬼，连个公园也没陪她走过。

$$\sim$$

我们所住的别墅离海很近，我以为必是人潮汹涌，没想到只有零星的几位酒店客人在玩沙逐浪。此时落日余晖已把蓝色的海洋染成了耀眼的殷红，晚风徐来，我们赤足走在沙滩上，一步一脚印，很快暮色便降临。

就在黑暗之中，小月姨问我：" 妳知道海棠湾的由来吗？"

我回答不知道，于是她告诉我这个凄美的民间传说：

很久以前，椰子洲岛附近的居民大多以捕鱼为生，不知何故，有好长一段时间海里不见鱼虾，渔民无奈向海神求助。当地的王娘母告诉渔民，海龙王的妻子死了，只要给他送去一个年轻貌美的未婚姑娘，他就会收起魔法，让渔民恢复往日鱼虾丰足的日子。为了乡亲，这一带的许多姑娘都自告奋勇献身，最后一致决定由王娘母抛槟榔，接住的姑娘便嫁给海龙王。槟榔后来被一位叫海棠的姑娘接住，虽然她已有了心上人阿明，但海棠仍毅然决然地跳进深不可测的海洋里。当夜，阿明也跳入海里履行与爱人同生共死的诺言。

海棠姑娘投海后的第二天，渔民果然又能满载而归，为了纪念这位姑娘，人们便把这片海湾唤名"海棠湾"……

"嗯……这故事挺美的。"我说。

"如果妳也投身海底，我会毫不犹豫地跟随妳。"

听完我吓坏了，这是哪门子道理？我甚至连她姓啥都不知道。

"呵呵！这提醒我，如果有一天我想自尽，一定不能通知妳。"

我们无言地走着，一直走到海边的木栈道才停下脚步，这时我才发现小月姨已泪流满面。

"妳怎么了？"我问。

"没想到有人会对我这么好，因为害怕我跟着轻生，所以选择一个人离世。清清，妳的善良我会牢记在心，永生不忘。"她答。

老天！我和她好像不在同一个频道上，我说东，她竟意会成西，这要如何沟通？

"我们还是回去吧！晚了危险。"我说。

"好，妳说什么是什么，全听妳的。"说完，她笑得像个孩子似的。

第十六章/夜半哭声

小月姨把"全都听妳的"发挥到极致，我说肚饿，她马上问我想吃什么；我说忘了带泳衣，她立马带我去买；我不过是多看了某样东西几眼，她唤来店员打包……

"妳不需要这样。"我望着打包好的T恤说。

"我看这件衣服挺适合妳的，妳穿上一定好看。"她答。

我之所以留意到这件T恤是因为上面写着I Love NY（我爱纽约）。纽约在美国，让我忆起了暖暖，她想到太平洋彼岸讨生活，如果她真去了，代表最亲近的人离开我，不无遗憾……

"妳怎么了？"小月姨问。

"没什么。"

"如果真有什么，妳一定要告诉我，我什么都没有，就只有……妳了。"

听完，我差点儿吐了一缸子的血，什么时候我成了别人的附属品了？

我把她的手推开，义正辞严地说："妳是妳，我是我，三亚之旅后，我俩再无瓜葛。"

在这里插一句，我们在三亚的这几天，她老勾着我的手臂，我拒绝了几次，她又故态复萌。人是习惯性动物，久而久之，我也无所谓了，现在因为要拉开彼此的距离，我才又推开她。

"妳看那是什么？"

我顺着她的手指望过去，那是屹立在海中的一个小岛，郁郁葱葱的。

"应该是个岛吧！"我答。

"妳不好奇吗？"

"好奇什么？"

"好奇岛上有什么？"

听她这么一问，我还真好奇。

小月姨说既然来了，何不到岛上看看？也许以后没机会了。

说的也是。

我以为再怎么着也得回去拿点儿东西再出发，谁知她拉着我直接上码头，二十多分钟后我们便上了岛，这才发现这个岛屿景色迷人，不仅阳光明媚、鸟语花香，湛蓝的海水还清澈，但这些都不如小月姨来得震撼。

"快！"她向我招手，"我们坐水上摩托车去。"

水上摩托车的时速60公里已经很骇人，小月姨就有办法开到120。

从摩托车下来后，她紧接着又拉我玩动力滑板、香蕉船、彩虹拖伞、水上浮毯……

我是年轻人，她是中老年人，可是她却玩得比我还High，似乎有用不完的精力。

"大姐，这些都是极限运动呀！"我忍不住说。

"那又怎样？过去我太压抑了，现在正好释放出来，"她看着我，眼光坏坏的，"妳是不是害怕了？"

"切！我害怕什么？"

"害怕三十如狼、四十如虎、五十……禽兽不如呀！哈哈哈……哈哈哈……"

看她笑得花枝乱颤、前俯后仰，我突然感到无奈，这是哪里来的疯婆子？

由于怕出人命（谁知道她又要玩什么要命的水上活动项目？），我坚拒留在岛上，最终赶上最后一班游船回去。上岸后，天空开始飘起细雨。

"没事的，一会儿就停。"小月姨说。

然而天空不作美，不一会儿的工夫便从小雨转中雨，再从中雨转大雨，回到别墅，我俩已成十足的落汤鸡。

"青青，洗澡去！"这时的小月姨化身成我妈。

还好房屋设计成两卧两卫，谁都不会碍着谁。

我走进自己的淋浴间，刚洗没多久，门被打开，小月姨走了进来，全身赤裸。

"妳……妳干嘛？"我用手遮住自己的隐私部位，满脸惊恐地问。

"我的浴室停水了。"

"停……停水了，"我抬头望着水流如注的花洒，"怎么会？"

"不知道，"她一脚跨进来，"妳洗妳的，不用管我。"

妈的，这要怎么洗？

我快速裹上浴巾，夺门而出。

没人告诉我一个中年女人的身体一点儿美感也无，脂肪到处堆积，以致屁股、小腹及大腿有白色的肥胖纹，往下一看，天哪！小腿还青筋暴起。

"我不想老，死都不要！"我心想。

由于害怕小月姨再来骚扰我，我早早就上床，上床前不忘搬来椅子堵在房门口。如此一来，只要有人闯入，我会第一时间知道。

然而一整夜我都睡不安稳，原因在于大雨滂沱，打在屋顶上的声音噼里啪啦响，我不禁担心屋內会不会进水？因为客厅铺的可是上好质量的波斯地毯呀！

"呜呜……呜呜呜……"

这是什么声音？莫非猫头鹰在叫？

"呜呜……呜呜呜……"

这次我听清楚了，不是猫头鹰在叫，而是有人在哭。

考虑了三秒钟，我还是决定去安慰人，甭管她为了什么哭泣。

第十七章/生不如死

我敲了敲门，无人回应，但哭泣声持续着。

"小月姨~"我推开房门，把头探进去，"妳怎么了？"

房内本来漆黑一片，突来的亮光让我闭上了双眼，再睁开时，我看到一个不施胭脂的女人坐在床上，头发乱糟糟的，一副梨花带雨的模样。

"我怕打雷。"她答，声音带着鼻音。

"打雷没什么好怕的。"

"可是我还是害怕。"

此时屋外忽然又雷声大作，她吓得拥紧被褥。

我走过去"安慰"她，但她显然误会了，抱紧我不说，还上下其手。

"妳有病是不？"我推了她一把，"恶不恶心人？！"

我站起来要走，她过来阻止，还因用力过猛，整个人跌坐在地上。

"别走！"她泪如雨下，"没有人爱我，一个也没有，哪怕假装也好，妳……妳假装爱我可以吗？"

呵！我要如何爱她？我们前后不过认识几天而已。

"妳要我打电话叫……叫男公关吗？"我问。

"不，我谁都不要，只要妳。"她伸手向我，"放心，只要抱抱。"

眼前的这副景象一点儿美感也无，一个上了年纪、颜质又欠佳的女人伸手向我索取拥抱，真让人无语。

"算了，妳走吧！"她重新回到床上，然后躲进被子里呜呜呜地哭泣。

我心一软，举了白旗，谁让她的年纪足以当我妈，不是说要爱护老人吗？

上半夜其实相安无事，我也习以为常，毕竟和"女孩们"同床共眠的经验丰富（下田野时睡的就是大通铺），但下半夜就不一样了，那个如狼似虎的饥饿女人开始行动，她把我的手放在她的乳房上搓揉，我下意识想收手，但……

"嘘！妳感受一下，只要一小会儿的时间。"她说。

因为踌躇了一下，我错过抗拒的最佳时机。随着一上一下的节奏，我身体里的那座眠火山被唤醒了。

"不，这不是真的。"我告诉自己。

可是身体骗不了人，我主动向小月姨靠了过去，而她已经扯下那件薄如蝉翼的睡衣，全身心地迎接我的到来。

自从戳破那层窗户纸，我每天活在羞愧与痛苦之中，连班也上不了。

"妳说六号回，七号上班，现在都十五了，妳以为公司是妳家开的？"老板娘打电话过来炮轰。

"告诉过妳，我病了。"

"病了？什么病会病上一个礼拜？莫非得了绝症？"

我一听来气，说话也就不那么中听了。

"没错，我是得了绝症，是被狼心狗肺、蛇蝎心肠的老板娘给气的。就算死，我也不会让妳接我这笔生意，因为妳就是一个贪得无厌且有体臭的白发女魔头！"

发泄完毕，我挂上手机。没一会儿的工夫，手机铃声又响，我任它响个一千两百回，一概不理！

餐桌上有两道菜，一个是豆芽炒豆干，另一个是番茄蛋花汤。

"妳今天没买菜？"我问母亲。

"买了，这不是吗？豆芽、豆干、番茄和鸡蛋。"

我爸说再这么吃下去，他倒不如到寺庙当和尚。

"你去呀！刚好断了那些莺莺燕燕。"母亲拿起勺舀了一碗汤，"话说回来，我容易吗？巧妇难为无米之炊呀！"

这无疑当头棒喝。

我起身回房，再回到餐桌时，我把两百元交给母亲。

"怎么只有两百？现在买块肉还得好几十。"妈说。

"下午我回公司，顺便取款。"

"这就对了，"母亲眉开眼笑，"我还以为妳被公司给炒了，别忘了我们全家就指望妳的薪水度日。"

等心理建设得差不多后，我跨上电动车往公司骑去。一路上我想象着会有的场面，无非被老板娘骂到臭头，再被老板念叨几句，只要我装孙子装到底，问题应该不大。

实际上，问题比我想象得还要大，因为我看到小月姨出现在店里……

实话告诉你，自从那夜之后，我便将夺走我初夜的人拉黑，如今她出现在我公司里，我不知道她想干嘛，如果老板娘被迫出卖我的家庭住址，我岂不无处可逃？

想至此，我骑着电动车大街小巷乱窜，如果不是囊中羞涩，我真想躲进招待所内（没错，我连招待所也住不起了）。

思前想后，我决定在公园的长条椅上窝一晚，可是每当快入睡时，我妈的索命连环Call便来到，搞得我神经衰弱。

"这辈子真欠她了。"我心想，随即关上手机。

虽然暂时不会再被手机铃声骚扰，我反倒睡意全无，索性坐起，这才发现有个流浪汉直盯着我瞧。

"你想干嘛？"我问。

"妳睡了我的床。"

我忙道歉，起身把"床"还给他。

没有了栖身之处，我决定还是回家去，就算河东狮吼也认了，我总不能一直在外面流浪吧？！

"妳回来了。"我爸坐在客厅沙发上，手里拿着晚报，"妳妈担心死了。"

"妈呢？"

"睡了。"

担心我的人还睡得着？真令人费解呀！

"我……我回房去了。"

"青青，妳坐下，我们谈谈。"

哎！该来的还是来了。

既然伸头一刀，缩头也是一刀，我索性当个勇者。

"说吧！"我坐下，一副水来土掩的姿态。

"今天下午有个女的上门来，她说自己开了家淘宝店卖女性内衣，妳前去求职，因为害怕别人说三道四，迟迟无法下决定，有没有这回事？"

这个小月姨真的什么都敢说，没有的事也说得有鼻子有眼睛。

"算是吧！"我答。

"那就好，"父亲明显松了口气，"我和妳妈商量了，与其在丧葬公司上班，我们宁愿妳卖女性内衣，何况月薪还这么高，没有拒绝的道理。"

月薪高？我一头雾水。

父亲随即解释，原来女老板听完母亲的抱怨（家里无米可炊），当场汇了十万块钱过来，说是预付两个月的薪水。

"我操！"我气急败坏，"你们怎能这样？快，把钱还回去！"

"晚了，黑牛上门要赌债，妳妈二话不说给还上了。真是作孽呀！这下子妳妈又有本钱去赌……"

"也不怕说谎咬到舌头，"母亲怒开房门，"我不过欠了一万块钱不到，你呢？是谁一个晚上就花掉两万多？"

"我说了好几遍，钱花在理疗上，而且也不是一次性花光，我还可以光顾半年，等于打了对折。"

"放屁！是不是……"

接下来爸妈又落入永无休止的口水战之中。

我默默回房，同时和衣躺下，想到自己又要面对小月姨，简
直生不如死！

第十八章/Dubai

由于心中有气，我没吃早餐，也错过了午餐。

"妳是怎么了？"母亲敲我房门，"不吃饭想当神仙吗？"

我仍不吱声，于是母亲告诉我，下午暖暖回家，她得上市场买斤排骨给她补补身体。

这就是我妈！虽然钱是我挣的，但每天吃的不是豆腐青菜，就是青菜豆腐，偶尔有个荤的，也是荤素搭配，少有纯肉。现在暖暖一回家，我妈就提着菜篮子去买菜，买的还是价格相对昂贵的排骨，这未免也太不公了。

糟心的事还不止此，母亲刚走没多久，我又听到开门及关门的声音。

"我说的没错吧？我妈前脚刚走，我爸后脚就跟上。"我对长耳朵柯基说。

它摇摇尾巴，似乎同意我的言论。

暖暖进屋的时候与海底捞的外卖小哥擦肩而过，那个年轻男孩没忘了把堆在门口的生活垃圾给一并带走。

"哇！妳怎么知道我中午没吃？又怎么知道我最爱吃海底捞？"

这个问题恰巧是我想问的，只是询问的对象不同罢了。

"既然中午没吃，赶紧坐下，这个份量足够让四个人吃饱。"我说。

我们才吃没几口，母亲开门进来，手里提着好多菜。

"我逛了好久的便民菜场，晚上就想做顿好吃的，妳们倒好，先吃上了。"妈抱怨。

我妹马上撇清，表明火锅是我点的，跟她一点儿关系也没有。

"真巧！路上遇到小月，我说我家青青生闷气，一整天都没进食，"母亲面向我，"结果妳马上打脸，真叫外卖了。"

听完，我差点儿被到嘴的毛肚给烫着了。

"小月？谁是小月？"暖暖边涮羊羔肉边问。

母亲解释小月是我的新老板，开淘宝店铺的，是个大好人……

"好人写在脸上了？"我呛声，"我都看不出来，妳倒看出来了？"

"怎么不是好人？给妳那么多的薪水，可见不是个恶老板，我还没见过这附近有哪个销售能月入五万。"

暖暖忙问卖的什么？母亲答女性内衣。

"女性内衣应该赚不了那么多，我猜卖的是情趣用品。"我妹答。

母亲一听，恍然大悟，很正经地对我说："青青，卖情趣用品也没什么不好，只要不卖身，我和妳爸是不会反对的。"

哈！小月姨馋的正是我的身体，叫我如何启口？

"妳们吃吧！我溜狗去了。"说完，我叫上长耳朵柯基。

那只狗没有像往常一样精神抖擞，相反的，它挺不乐意的，大概以为我会赏几块肉给它，而不是中场离席，害它一无所有。

我牵狗沿着河堤走，当四下无人时，那个尾随很久的跟踪者终于赶上来。

"火锅好吃吗？"小月姨问。

"还凑合，"我边走边答，"下次别这样了，我不领情！"

"青青，我……我是不是伤害妳了？"

我骤然停下脚步，反问："妳说呢？"

这一问，打开那女人的话闸子。她说自己打小就命苦，后来还所遇非人，既然上半辈子没过好，下半辈子就得弥补过来。也不知为什么，自从遇见我，满脑子都是我的影子，就算我要天上的星星，她也会摘下来送给我，只为博我一笑。

我直言自己不需要什么星星月亮，只要她在我眼前消失，我就会天天开心。

"这个不行，其他都可以。"她答，眼神无比坚毅。

卧槽！粘上橡皮糖了。

我眼光一扫，脚底下是湍急的河水，遂心生一计。

"只要妳游到对岸，我就相信妳的诚意。"

我之所以这么说是算准她会知难而退，因为三亚之行她曾告诉我，她的泳技一般般，所以做水上运动时格外刺激。

如今没有了救生衣，也缺乏救生员，我不信她会冒这个险。

"妳不是开玩笑的吧？！"她直勾勾地看着我问

我答不开玩笑，同时催促她快跳。

她考虑了几秒钟后，很严肃地说："青青，我爱妳，至死不渝！"

话音甫歇，她纵身一跳。

若不是长耳朵柯基对着河水一阵狂吠，我恐怕还清醒不过来。

望着水中载浮载沉的人，让我想起了郭美芳。

妈的，这辈子欠她俩的。

我脱下自己心爱的耐克运动鞋，又把手腕上一百元买来的手表给卸了，这才跳入河中救人。

~

隔天，我见义勇为的行为上了报。

"姐，报上说的可是真的？"暖暖放下报纸问。

"不知道，没人采访我，多半是编出来的。"我意兴阑珊地答。

"救人的事先摆一边，报上说这个龚小月富到流油，北上广深有好几栋楼出租，每个月光收租就有上百万，妥妥的人生赢家。"

我不知道何谓人生赢家，只知道她把力气用在不对的地方，并且硬生生拖我下水。

"万恶的资本家呀！"我不禁感慨。

"我得走了，"暖暖起身，"这个周末回来就为了参加同学会。"

她一站稳，我才发现她的胸脯被一件紧身T恤给包裹住，上面写着：I Love NY。

"这……"我指着她的衣服。

"噢！翻妳衣柜找到的，妳该不会不借吧？"

我要她拿走，本来就是买给她的。

"太好了，谢谢姐。"她给了我感激之吻，"告诉妳，同学中有人买了I Love Dubai 的T恤，我正好拿这件跟她互别苗头，嘻嘻！"

Dubai? 这个名字听起来好熟悉……

暖暖哈哈大笑，问我该不会不知道迪拜的英文是Dubai吧？

我还真不知道，反问迪拜的英文不应该是Dibai吗？

"这个妳得问最早的翻译人员，好比为什么Washington不翻译成'哇盛疼'，而是华盛顿？"

暖暖以为她说了个笑话，我却笑不出来，因为我忆起那个蓝眼珠小女孩，她对我说了两次"Dubai"，一次在大巴上，另一次在新疆考古研究所内，两次都是说完后就人间蒸发，邪门得很！

第十九章/无语问苍天

在母亲的再三催促下，我提着鸡汤去医院慰问小月姨。

"我妈让我带鸡汤给妳。"我说。

"坐，"她指着床边的座椅，"妳妈有没有问我为什么跳河？"

"没有。"

其实母亲问了，我回答小月姨被长耳朵柯基的狂吠声给吓到，一脚踩空，掉进河里（这完美地解释我为什么会下河救人）。

"听说我们的事情上了报。"小月姨说。

这个"我们"听起来很刺耳，我压根儿不想和她有任何关系。

"也难怪，最近没什么大新闻，连母猪生十只猪仔也会上报。"我答。

大概因为我提到生育，勾起了她的伤心往事。

"我要是有个孩子就好，也不会整天胡思乱想或担心没人养老送终。"

"怎么会没人养老送终？听说妳有好几栋楼，卖掉其中一个住进高级养老院里，妳的晚年会比任何人来得舒服。"

她答金钱可以换来服务，但换不来真心。

"这倒是，强扭的瓜不甜嘛！"我一语双关地说。

她没接话，反而告诉我今天下午她出院，虽然约了车，但让司机大哥搀扶总是别扭，问我可不可以帮这个忙？

我连陌生人都愿意拉一把，何况眼前人已经有过数面之缘。

"行，我护送妳回家。"

城市之间有鄙视链（所以有一线、二线、三线……城市之分），而一个城市里又划分很多区，富人一个区，穷人一个区，彼此井水不犯河水。如今我越界来到富人区，不禁有种时空穿越的感觉。

按铃后，一个胖胖的女人来开门。

"阿水，妳别扶我，我有青青，妳先进去泡壶茶。"小月姨说。

叫阿水的女佣一离开，我小心翼翼地扶着屋主人往里走，眼前是一条用鹅卵石铺成的小路，小路两旁花木扶疏，往左一拐有扇月亮门，进入月亮门后便来到别墅主体，共有三层，外墙是浅黄色大理石墙面，屋瓦则呈橘红色。

进屋后，我扶她坐下。

"我走了，还得上班呢！"我打退堂鼓。

"上什么班？妳的工作已经有人顶替，也是个大学生。"

这怎么可能？虽然我和老板娘在电话里吵起来，我还说了过分的话，但总不致于什么都没交接好就辞人吧？！

小月姨说我若不信，可以打个电话求证。

想到会有的火爆场面，我果断答不用，炒了就炒了，工作再找就有。

"既然不用赶着上班，那么坐下来喝杯茶再走。"她说。

此时阿水捧着茶水过来，我又刚好口渴，索性坐下。

"现在的工作不好找，加上人心险恶，到处都是坑，一不小心就会被骗。"小月姨又说。

我答能怎么办？人浮于事，不好过还不是天天过？

"如果妳不嫌弃，我有几栋楼出租，妳就帮我打理打理，我不会亏待妳的。"

她没提淘宝店铺的事，可见真是胡诌的，同时也证实报上所言不假，她真是个包租婆。

"这个工作交给中介公司打理就行。"我说。

"我不信任他们，我只信任妳，如果不放心，我们可以签合同。"

这不是放不放心的问题，而是我不想再次见到她，一分钟都令人难受。

见我犹豫，她退而求其次，言明做两个月就好。

我问为什么是两个月？她答她给了我母亲十万块，等于两个月的薪水她已预付了。

糟糕！怎么忘了这个？偏偏我父母已动用了那笔钱，而短时间内我也找不到来钱快的工作，即使有，领取工资也是一个月以后的事

考虑再三，我只能硬着头皮接下这份工作。

小月姨听到我的决定很开心，她说择日不如撞日，今天就开始上班吧！

想到早上班也能早解脱，我很爽快地答应了。

几天下来，我发现所谓的"打理出租屋"不过是挂羊头卖狗肉，因为所有的商品房及办公楼都已出租出去，我要做的无非是当租客退租时差人打扫，然后重新找新租客，而这个往往几通电话就能解决，需要我亲自出马的机会微乎其微。

虽然工作少，但不表示我可以闲赋在家，因为我得在小月姨家坐班（朝九晚五），以应她的不时之需，譬如陪聊、陪吃、陪玩……等。

针对"名不副实"的现象，我也曾有过"甩担子不挑"的念头，但在残酷的现实面前，我再一次妥协。

"苏青青呀苏青青，赶紧找下家吧！没有了收入来源就只能做陪笑的工作。"我对自己喊话。

于是白天上完班，回到家里我便狂找工作。我的理想月薪不低于一万五，如此一来，除了应付日常开销，我还能攒点儿钱远游，因为自从知道那个神秘小女孩说的是"迪拜"后（老教授曾说小河公主已经轮回转世到了迪拜），我心中的那盆火重新被燃起。没错，我还是想找到小河公主，省得她一直轮回，到不了极乐世界。

然而理想很丰满，现实却很骨感，目前找得到符合条件的工作，月薪只有五千元上下，若想达到一万五，除了重回老东家，就只剩陪阔太太玩乐了。

哎！我该怎么办？

第二十章/谣言

人真是习惯性动物，刚开始我对小月姨很抗拒，对这份"事少、钱多、离家近"的工作也觉得受之有愧，但久而久之，我接受了，甚至处之泰然，因为小月姨对我情深义重，平日嘘寒问暖不说还有求必应。不讳言地说，她满足了打小以来我一直从缺的母爱，虽然这份爱看似有点儿畸形。

这一天，小月姨说要去洗浴中心，我以为她指的是附近的公共澡堂，洗澡、搓澡、修甲、拔罐……一整套做下来也不过一百元上下。

"行，我陪妳去。"我说。

结果车子左拐右绕后竟驶向上海市中心。

"不是洗澡吗？"我问。

"是洗澡呀！这是开在五星级酒店里的洗浴中心。洗完澡再让按摩师傅按两下，保管妳快乐似神仙。"

当我们从洗浴中心的更衣室走出来时，眼前一个个赤条条的身躯在眼前交错，丰乳肥臀的，好不壮观！

"请把浴袍脱了。"服务人员对我们说。

小月姨很爽快地脱下，我却迟迟没有行动。

"妳是不是第一次上洗浴中心？"小月姨问我。

"是。"

"别害臊，这里全是女的，男宾在另一侧，分开来着。"

这正是我害怕之处，我应该到男宾那边去，看到这么多光裸着的女性躯体，我感到无所适从。

"妳怎么了？"小月姨再度柔声地问，"是不是不喜欢？如果不喜欢，我们换别家。"

换别家？说得轻巧！光门票一个人就得四百多，还没算上按摩的费用。

"不用换了，"我脱下浴袍，"不过洗个澡，何难之有？"

洗完澡，我们来到小包间，师傅帮我在膝盖上覆上姜片，接着帮我按脚。等足疗做完，另一个师傅帮我做精油推拿，我感觉全身的血脉都被打通了。

"舒服吧？"小月姨问我。

"嗯！"

"现在吃饭去，我爱极他家的清粥小菜。"

其实餐厅提供的不止清粥小菜，还有上海的四大金刚（大饼、油条、粢饭、豆浆）、牛腩面、小馄饨、鸭血汤、抄手……等。

"这么好的地方，怎么客人不多？"我边吃边问。

"人少才清静，我最怕人群扎堆。话说回来，贵有贵的道理，首先就刷掉不少穷人，这就是VIP的特权。"

穷人？这说的不正是我？

想到如果没有小月姨带着，我不也被排除在外？心中不免郁郁。

"妳别多想哈！我的钱就是妳的钱，只要能让妳开心，我什么都做得出来。"她说。

"我什么都做得出来"这句话很危言耸听，但小月姨来真的，几分钟后便让我领教它的威力。

"妳是怎么搞的？没长眼睛吗？端个果汁也能洒出来。"小月姨大发雷霆。

那个服务员拼命赔不是。

"算了，"我把被果汁弄湿的手表脱下来擦拭，"她不是故意的。"

这只表是我用人生中的第一笔收入买来的，虽然只花了一百元不到，但对我的意义重大，所以挺舍不得它被淋上甜腻的果汁。

大概看我面有愁容，小月姨竟然怒扇了那个年轻女孩一巴掌，惊动了洗浴中心的经理。

我吓坏了，趁双方还没将战情升级，赶紧灭火。

"对不起，因为我的表很名贵，所以我干妈急了点儿，实在不好意思。"

"表……名贵？"经理一听大惊失色，转而喝斥员工，"看妳干的好事，还不快赔礼道歉？"

那个被挨耳光的人反倒像个孙子，只差没跪了下来。

我立马当和事佬，说："没事，你们赶紧走吧！"

经理领着"肇事者"再三道歉后才离开。

人一走，小月姨问表多少钱？

"多少钱不重要，重要的是请别再替我出头，我不喜欢，非常非常的不喜欢，妳让我……让我丢脸了。"我答。

气氛一下子冻住了。

沉默一会儿后，小月姨选择低头。

"对不起，我以为……算了，我不会再让妳丢脸。"她说。

我不是爱记恨的人，既然她服软，我表示这件事到此为止，以后别再提了。

"好，不提就不提。"她笑嘻嘻地，仿佛捡回了丢失的宝贝。

巴掌事件后，小月姨对我越加迁就，我说东，她不敢说西；我想打狗，她不敢撵鸡，惟独一件事没得商量，那就是女人的嫉妒心。

"刚刚妳为什么看了那个女的一眼？"她问。

"哪个女的？"

"撑洋伞的那个女的。"

与其说我对那个女的感兴趣，倒不如说我对她的伞感兴趣。那把伞的伞面上是梵高的自画像，我猜想她应该是从梵高美术馆附设的纪念品店买来的。

"因为……因为那个女的有亚麻色的长发，看起来很洋气。"我答。

没想到我的随意一说，小月姨竟然把一头乌丝染成亚麻色，同时接了发，看起来很怪，像顶着假发。

"好看吗？"她问，然后原地打个转，让长发飞扬。

"还行。"

这个更年期女人对外人尚且嫉妒心爆棚，对自己人就更别提了。拿家里的佣人阿水来说，她虽然肥胖，但胜在年轻，小月姨已经为此吃醋好几回。

"妳再这样，我走了。"我起身。

"别走，"她抱住我，"妳走了我怎么办？我拥有的也只有妳了。"

我的余光看见阿水跨进客厅。

"别拉拉扯扯的，"我推开小月姨，"让人看了笑话。"

"谁敢笑话？这是我家，我想干嘛就干嘛。"

其实小月姨的担忧不是空穴来风，阿水的确对我过分热情，她甚至邀我到她家看昙花。没错，就是"昙花一现"的昙花。

"哪里来的昙花？"我问。

"花鸟市场买来的，怎么样，今晚到我家看昙花开花吧！"

"妳怎么知道今晚开？"

"肯定开，花苞虽然小但圆鼓鼓的，像少女的乳房。"

我没有去看昙花。

几天后阿水不见了，新来的女佣比小月姨的岁数大，还是个大龅牙。

"阿水去哪里了？"我问。

"她找到更好的人家，跳槽去了。"

我不知道她是不是找到更好的人家，但此后不到一个月的时间里，谣言传得沸沸扬扬，甚至有中学同学私信我是不是被一个老女人给包养了？

这样的无的放矢，我一概不予理会（不过这倒提醒我炒人也会有后遗症）。

我以为只要自己够从容淡定，很快便能风平浪静，没料到坏事传千里，而且越传越离谱，那些加了料的香艳画面仿佛自动播放的色情片，让人听了面红耳赤。

当谣言传到我父母耳中时，我已然成为技艺高超的性工作者。

"青青，这是怎么回事？"我妈问，面色铁青。

"我不知道，我无法控制别人的嘴。"

我爸接着把原因归到我没男友这件事上，没关系，改天他给我介绍几个优质男，谣言马上不攻自破。

"你别给我添乱了，我对男人不感兴趣。"

"这么说是真的？"我妈扬起声，"不行，不能便宜了那个老女人，她起码得做出赔偿。"

我问赔偿什么？母亲支支吾吾地答她的女儿总不能被白嫖吧？！

听完，我气炸了，甩门就走。

也难怪我生气，虽然我和小月姨曾有过肌肤之亲，但自从那次之后，我们没再越雷池一步，如今无端被安上罪名，对我、对小月姨而言，都是极其不公的事。

夜深了，我在寂静的小路上走着，除了虫鸣，就只有一轮明月相伴，不知不觉我竟来到小月姨的别墅外。

踌躇一会儿后，我举手按下门铃。

第二十一章/离家出走

是大龅牙开的门。

小月姨一听到我的声音，从房间里跑出来，身上的桃红色睡衣很撩人，忽隐忽现。

"怎么了？青青。"她问。

"我……我……"碍于第三者在场，我开不了口。

于是小月姨把大龅牙轰走，拉我进她的房间。

"怎么回事？妳说。"

"我……我……"

没有了第三者在场，但我依旧吞吞吐吐，因为小月姨的胸口敞开着，两个半月球像刚出炉的大肉包。

"怎么了？"她轻声细语的，同时拉我坐在床上。

我闻到她身上散发的香水味，像魔鬼在向我招手。

"我……"

"到底怎么了？"

也许魔鬼上了身，我把手放在她的大腿上做试探，她没拒绝，于是我恶向胆边生……

"住手！"她喝斥。

我赶紧收手，感觉羞愧死了。

"让我来！"她将我扑倒，接着啃食，像一匹饥饿已久的狼。

我又何尝不是？野马一旦冲了闸，必是一奔万里。我无法也不想拉回，反正破碗破摔，又何必在乎这么多？

当小月姨把乳头塞进我嘴里时，我的口欲立即得到充分的满足。啊！那是母奶的味道，香醇可口，我已经忘记它的滋味曾有多么美妙。

～

一连数日我放纵自己，每天除了吃饭、睡觉、打游戏外，就是疯狂干那事。坏处当然也会有，那就是屋子乱七八糟，杯没洗、脏衣服成堆、外卖塑料盒还扔得到处都是，因为大龅牙已被遣送回家，以防隔墙有耳。

"我回去了。"我从床上坐起。

"别回，"她从后抱住我，"我现在离不开妳，妳一走等于杀了我，这是犯了谋杀罪，会坐牢的。"

"妳想多了，我回去拿衣服，妳邮购的新衣硬梆梆的，我穿着不舒服。"

"那……好吧！快去快回，等妳呦！"说完，她对我一阵猛亲。

～

我假装什么事都没发生地走进家门，长耳朵柯基依旧对我热情如火，其他人就不一样了，一脸寒霜。

"这几天妳死哪里去了？打手机不回，我差点儿报警。"我妈说。

父亲接着落井下石，指责我不学好，这传出去有多难听？

我也来气，问出去散个心怎么了？这个家若有温暖，我也不会往外跑，切！

因为那个"切"字，我爸冲过来打人，还是暖暖动作快，迅速挡在我前面。

"姐，快进房间。"我妹喊。

我二话不说地躲进房间里，任凭长耳朵柯基在房外拼命挠门，我死活不开。

我把换洗衣服全塞进行李箱内，包括那个宛如凝脂的玉勒子，它被放在原先的小布袋内。

一直等到房外无声无息，我才拉着行李箱走出来。

"姐，妳上哪儿去？"暖暖问。

"我回公司。"

"谣言是真的吗？"

哎！这叫我如何回答是好？一开始是假的，现在却成真了。

见我沉默，暖暖问我难道不好奇为什么这时候她会在家？

"妳怎么在家？大学不是已经开课了吗？"我问。

"我是避难来的，流言蜚语已经传到学校，叫我怎么做人？早知道我的学费来得不干不净，我宁愿退学！"

一路走来，我吃过不少苦也受尽不少委屈，但都没有这番话来得杀伤力十足。我以为我从小呵护的妹妹是惟一的依靠，别人可以误解我，但暖暖不会，她可是我一手细心照料的玫瑰呀！怎么可能刺痛我？

然而事实就是这么残酷，她不仅弄伤我，还把我的后路给烧了。

"没错，我的钱来得不名誉，妳倒是吐出来呀！"我说。

"我……我……我反正会还妳。"她面红耳赤的，"等我毕业赚到钱，连同利息通通还给妳。还有，爸妈我也会照顾好，妳不用再出卖色相做贱自己……"

呵呵！好个出卖色相做贱自己，我这是猪八戒照镜子，里外不是人呀！

"行！我把爸妈留给妳照顾，你们都自求多福！"

我拉起行李，暖暖喊住我。

"这狗怎么办？"她指着狗问。

长耳朵柯基好像感受到什么，拼命摇尾巴，就怕我不要它。

回顾我的前半生，表面上看有个家，但内心仿佛无根的浮萍，我怎么舍得我的狗也有同样的命运？

"当然由我照顾。"我答。

就这么着，我和长耳朵柯基穿梭在熙熙攘攘的人群里，一起走向未知的未来。

第二十二章/粘上橡皮糖

我挺不明白我妹为什么会突然"翻脸不认人"，过去我们的关系一向良好，真正应验了那句话"情同姐妹"，这多少弥补我和父母之间的疏离，可是现在……

直到几天后在网上读到黛薇夫人的故事，我才多少理解暖暖的心情。

黛薇夫人本名叫根本七保子，1940年出生于日本一个贫穷的木匠家庭，由于从小家贫受到种种歧视，她对金钱无比渴望，后来成为一名艺伎，并得以供养自己的弟弟上大学。然而她最爱的弟弟在得知实情后却引以为耻，乃至自杀身亡，这件事成了黛薇夫人一生磨灭不去的伤痛和遗憾。

"暖暖大概也觉得我的钱来得肮脏而感到耻辱吧！但事情的发展并不是我主观刻意造成的，如果这个世界能对同性恋者更宽容些，我也不致于剑走偏锋。"我心想。

由于害怕流言进一步恶化，辞退大龅牙后，小月姨改雇小时工，每当这时候，我便出外溜狗，省得和陌生人打招呼。

"这不是青青吗？"我的前老板娘喊住我，"小月近来可好？"

"谁是小月？不认识。"我冷漠地答。

"别装了，妳父母已经登报和妳脱离关系，妳大概还没看今天的报纸吧？"

我一听，滋事体大，但仍假装镇定。

"那是什么？"我指向远方。

趁讨厌的人转头，我拉着狗往相反的方向走去。

我把报刊亭里的每一家报纸都拿走一份，这才在一份小报的一个小角落里找到那则启事。我父母真够狠的，把我的证件照、身份证号码及窝藏地点全都给披露了。

"哪有这种父母？"小月姨义愤填膺，"简直不给妳留活路。"

我心灰意冷，恨不得一死百了。

小月姨急了，要我千万别冲动，冲动是魔鬼，让她想想办法，肯定能解决。

"还有什么办法可想？我的照片已经贴在报纸上了，本来名声就不好，再经我的家人一认证，坐实我就是个私生活糜烂的人，一传十，十传百，马上就全国皆知了。"

"妳别尽往坏里想，我来解决，别着急哈！"

小月姨首先打给报社，发现这则广告只刊登一天，而且只出现在当地报纸上，没有普及全国（真是谢天谢地）。接着她打电话给认识的外卖员，让他以飞快的速度把所有报刊亭内的某报买下，代价是不菲的跑腿费。

我不得不佩服小月姨的心思缜密且动作及时。

"妳去哪里？"看她拿上车钥匙，我问。

"我得断了源头，妳在家等我，饿了先吃。"

我不知道她去了哪里，但我真饿了，于是烤了个大披萨，和长耳朵柯基分着吃。当小月姨回来时，我和狗已把披萨消灭完毕。

"青青，事情解决了，妳父母不会再做妖了。"她说。

我问她做了什么？她答拿钱封口。

果然是我父母的行事风格，说得好听是补偿，说得难听就是讨要嫖资，我不禁叹声连连。

"怎么还是不开心？事情不是解决了吗？"小月姨问。

我答源头是断了，但已经看到启事的怎么办？总不能一一去封口吧？！就算财力够，撒钱的速度也比不上传播的速度。

"妳说的有道理，看来我们真的得到国外避避风头，"她停顿了一下，"妳想到哪里？我听妳的！"

我想了想，回答："迪拜。"

没错，我还是想会一会我的小河公主。

钱真是个好东西，一个礼拜后两大一狗便上了飞机，坐的还是阿联酋航空的头等舱。

"妈的呀！这些东西要怎么操作？"小月姨说。

由于头等舱设计成一个个独立的空间，我的座位和小月姨的隔开一米远，但她的抱怨我还是听到了。

"我也不懂，妳好歹还坐过飞机，我可是大姑娘上花轿，头一回呀！"我回复。

小月姨没责怪我，她用土豪方式解决问题。

"拿着，"她把十几张百元大钞塞给洋空姐，"给我们找个会说普通话的空姐来。"

那名金发碧眼的空服员望向我，一脸迷糊。

" Please give us an air hostess, Chinese one." 说完，我直冒冷汗，这是说对了没？

显然洋空姐听懂一些，她把钱还给小月姨，然后往机尾方向走去。没多久，一个会说港式普通话的空姐便前来帮忙，我们因此知道那个长得像iPad的东西其实是个遥控器（可以控制遮光板、靠椅位置、电视及触碰门），还有，迷你吧的饮料随便喝，篮子里的零食随便吃，电视屏幕前的小暗格里有护肤品小样，礼袋内则有……

"什么时候吃饭？"小月姨问。

"一个小时后开始供应餐点，有菜单，可以点餐。"她微笑，"不用担心，我就在附近，随时服务妳们。"

解决了语言问题，这趟旅程果然顺利多了，不仅吃好睡好，下机前我还洗了个热水澡，用的是宝格丽的洗漱用品和护肤品。

"小姑娘，"小月姨把一张有着大头脸Logo的名片递过去，"妳帮我看看这家酒店在迪拜是不是最好的？"

会讲普通话的空姐答："这是范思哲酒店，很棒的，总统套房一晚要价九万迪拉姆。"

迪拉姆是迪拜的货币单位，九万迪拉姆大约折合人民币18万元。

空姐离开后，小月姨告诉我帮她订房的"朋友"说这家酒店是当地最好的，总统套房一晚要价十万迪拉姆。

"妳该不会真付了吧？"我问。

她答付了，因为这是我第一次出国，总不能住得太差，不过她只订了一个星期，因为酒店不允许宠物狗入住，奇怪，老鹰可以跟着主人入住，狗却不行。

这段话的信息量很大，首先，小月姨被"朋友"坑了；其次，她花了140万人民币换来一个星期的住宿权；其三，狗与我们坐同一班飞机抵达，但一个星期后才能见面；其四，老鹰可以入住酒店，嗯……这个的确很土豪。

"妳这么花钱，不怕有一天坐吃山空？"我又问。

与小月姨同居后，我从来不关心她的经济状况，因为从头彻尾没有与她天长地久的打算，既然不会白头偕老，又何必过问太多？但这次我真没忍住，在我的家乡，140万可以买个两居公寓。

"坐吃山空？"她笑得花枝乱颤，"我等不到那一天啰！"

"什么意思？"

"意思是我再怎么花，死前还是会留下很多，只要妳一心一意对我，将来财产全部都是妳的。"

神经病！我和她不过是露水姻缘，是过渡时期的依赖，我终究要离开，不过是时间早晚的问题。

"妳的计划里千万别把我安排进去，我……不一定的。"

"什么事不一定？"她如临大敌。

"我……也许到美国进修。"

"我当是什么，"她又笑颜逐开，"放心，妳到哪里，我跟到哪里，我们永远也不分开。"

第二十三章/她爱我

在发现石油（西元1960年）以前，迪拜靠珍珠及水上贸易为生，那时候的迪拜望眼看去不是黄沙地，就是简陋的海湾和一大片低矮的土房，连供水也要靠驴子拉来大水桶，没成想几十年过去后会是这般纸醉金迷、穷奢极侈的景象。

"一切皆有可能"是迪拜酋长的名言，想来是有历史原因，看看填海造成的人工岛、七星级酒店、人工滑雪场、来自世界各地的美食及奢侈品牌……无怪乎迪拜人会认为石油是真主赐予的礼物，因为它彻底改变了这个落后渔村。

出关后，来接机的是个穿白袍的大叔，一句中国话也不会说，还好进酒店后有个很漂亮的华人小姐做接待，她亲自带我们上楼。

经她介绍，我们才知道这个总统套房有1800平米大，是全阿联酋惟一拥有私人泳池的复式套房，屋内的每一件家具都是孤品（专为这间套房所设计），墙上还挂着设计师Donatella当年的设计手稿。房间有两个，空间都很巨大，衣帽间有双排，化妆台一长溜，镜子两旁还有连环灯泡（据说是模仿好莱坞巨星的专用化妆台）。浴室里有圆形按摩浴缸，墙上的瓷砖是意大利工匠手工贴的，还有还有，看得见的杯盘、洗漱用品、床品等，全是范思哲的产品……

"可以了，"小月姨阻止她继续说下去，"这个房间我们预定了七晚，能不能给我们派个会说普通话的导游及司机？还有，我们会待在迪拜一阵子，需要一名短租房中介。"

"没问题，我这就去安排。对了，我是妳们的管家，有什么需要拿起座机通知我即可，24小时在线。"

我忍不住问："妳不睡觉？"

"放心，即使下班也会有其他同事代劳。"

小月姨给了她不菲的小费后，管家称谢走人。

我们在酒店附设的Vandias意大利餐厅吃晚餐，南瓜烩饭、清蒸鲈鱼及三文鱼塔无一败笔，叫的两种酒也很好喝，清淡的佐餐用，浓烈的适合饭后品饮。

"来，青青，"小月姨举起酒杯，"祝我们的迪拜之旅天天开心。"

我碰杯，但没喝，因为我看见小月姨的手在微微颤抖。

"妳怎么了？"我问。

"没事。"她答。

一开始与小月姨接触时，她就偶有肌肉不自主颤抖的现象，如今越加频繁，大概一天会有个一、两次，人也比较容易疲倦。我若问起，她便以"岁数大了"来搪塞，殊不知我妈与她同龄，却从来没有这种"老态"。

合该有事，吃甜点时，小月姨不慎让咖啡杯掉地上，发出"哐啷"一声。

服务员马上过来抢救，因为地上铺的是昂贵的地毯。

"对……对不起。"小月姨对我说，大概害怕我觉得丢脸。

"没事，坐了十几个小时的飞机，妳也累了，我们回房休息吧！"

总统套房有两间卧室，但我主动和小月姨挤一间。她很高兴，话也多了，东扯西聊后谈起她的童年往事。

"如果那时妳真的过继给叔叔，也许命运就大不相同了。"我感慨地说。

"或许吧！可是有些东西是摆脱不了的，好比基因。"

"基因？"

"是的，我的妈妈和舅舅都得了渐冻症。"

渐冻症医学上叫做运动神经元病，比如刚刚去世的霍金就是典型的症状。

"这么说，妳……"

"我希望不是，因为我母亲及舅舅都是三十岁之前发病，我已经五十多了，应该不会，对吧？"她问。

我对渐冻症所知不多，但仍安慰她不会这么凑巧，光看她做极限运动的样子就知道这个病离她很远……

"其实我做极限运动是为了体验死亡感觉，老实说我不想死，好日子才刚开始，如果这么快就结束，对我而言很不公平。"

"别想太多，"我拥抱她，"明天我们出去玩，去逛朱美拉古城及骑骆驼，我还会帮妳拍照。"

"妳一定要把我拍得美美的。"

"肯定的。"

那一晚我们没有行周公之礼，只是相拥而眠，但我们的心靠得很近，很近……

～

在范思哲酒店住了七晚后，我们搬到美丹区，租的别墅有四间房，所以连长耳朵柯基和印尼女佣都有独立的房间。

由于乐不思蜀，在三十天签证到期前，小月姨索性把我们目前租住的别墅买下，因为根据迪拜土地局的政策，只要购买100万迪拉姆的房产便可获得两年的居留签证，到期再续，直到不再拥有该房产为止。

事实上这个投资很正确，因为我们一住便住了大半年。

一个阳光明媚的下午，当我们坐在泳池旁的躺椅上时，印尼女佣为我们呈上热红茶及几样小点心，连脚旁的长耳朵柯基也有一根大鸡腿啃。

"妳为什么不问我留在迪拜的理由？"我问。

"这个重要吗？只要妳开心，就算住到月球上，我也甘之如饴。"她答。

如果你以为这番情话所营造的氛围很浪漫，那就大错特错了，事实上小月姨为了说完上述那段话，费了一分多钟的时间，还流了一下巴的口水。

"我不住月球，"我拿起餐巾纸为她擦拭口水，"空气稀薄，人还得飘浮在半空中，吃饭上厕所多不方便，还是地球好。"

"好—好—好—"她点头，像个机械娃娃。

说起小月姨的病症，那是渐进式的，刚开始手没力气，拧不开罐子，后来行动缓慢，接着走路需要搀扶，再后来连吞咽都困难，口水直流……

109

我曾游说她看医生，她答看医生也没用，活受罪而已，她宁愿把时间留给我，我是她惟一的解药。

如果一开始的相守还有性的成分在，现在则全然只是相伴而已，所以我满确定她是真心爱我，以致连身后事也安排好了。

"青青，哪天我走了，什么都归妳，怕那帮亲戚跟妳抢遗产，我已经找律师立好遗嘱。"

"别说了，妳会好起来，我们还要到南极看企鹅呢！"我说。

我们没去看企鹅。

两个月后的某个清晨，我被长耳朵柯基的一阵狂吠声给唤醒。当我揉揉惺忪的睡眼来到楼下时，发现通往泳池的落地窗开着，我走了过去，小月姨的躯体正在水面上浮着，脸朝下。

没有人知道她是如何从房间爬向十几米远外的泳池，但我瞬间明白为什么几天前她借口睡不好觉，把我赶到楼上房间。

警察后来在小月姨的枕头下发现一张纸条，上面写着几个歪歪扭扭的汉字。

"What does it mean?"警察问。

我如何告诉他，小月姨临死前还跟我道歉，害怕她的行为让我丢脸。

"She said she loves me."我很伤心地答。

第二十四章/飞蛾扑火

小月姨的亲戚果然跟我抢遗产，还好她有远见，死前脱手了一套房产，将钱打入我的银行账号內，否则当遗产冻结时，我只能喝西北风了。

"告诉妳一个好消息，遗产官司胜诉了，接下来是办理更名。"律师对我说。

谁也没料到这场官司会打了一年多，我也深居简出并且节约了十几个月（迪拜的消费高，我又不知何时能胜诉，只能省着点花）。不过在这段等待的时间里，我可没有虚度光阴，事实上我过得很充实，不仅把英语口语能力给提升上去，阿拉伯语也学了一些，而最最重要的是我拿到驾照了，只是还买不起车。

"好的，麻烦你了。"我答。

"对了，过去两年的房租收入已被解冻，扣除相关费用及律师费后，还有五千多万人民币，您看是一次性汇过来吗？"他问。

"是的，多久到账？"

"最快一个星期。"

"好，我等。"

实际上我等不及了，当天我就去看车，相中了一辆血红色的兰博基尼跑车。销售说我可以使用信用卡分期付款，我回答自己没有信用卡，一个星期后再来提车吧！

"Where do you live?" 他问。

我回答自己住在水晶湖社区（这是以迪拜酋长名来命名的一个高绿化奢华生活社区，坐落于繁华的市中心）。

销售思考了一下，告诉我只要留下护照复印件及银行卡信息，我就可以把车开走。

我问他难道不害怕我是个骗子？他答最近有销售压力，不得不冒险一下，希望到时我不会让他失望。

"Don't worry," 我拍拍他的肩膀，"I won't cheat you. I promise."

我也真的说话算话，等钱一入账，我便付了车款，还开着买来的豪车带他去颇负盛名的Texas Roadhouse吃牛排。席间他告诉我不久前"隐形"的迪拜公主也找他买车，买的还与我的同款，连颜色也是血红色的。

迪拜王室最被人熟知的便是豪，公主买得起150万迪拉姆的车子，我一点儿也不奇怪，奇怪的是这位公主竟然是名私生女，这勾起了我的好奇心。

"Could you tell me more about this princess?" 我问。

于是销售告诉我迪拜酋长公开的妻子有6位，但情人无数，诞下的子嗣也多。在众多子女中，惟独这名"公主"的长相不一般，她有漂亮的蓝眼珠，与其他"兄弟姐妹们"的褐眼大不相同，大概因为母亲是芬兰人的缘故。众所周知，芬兰人大多有漂亮的蓝眼珠，像布偶猫一样。

蓝眼珠……布偶猫……这让我想起两年前巴士上的小女孩。

我问这位公主芳龄多大？他答二十好几了，有个女儿七、八岁，也是蓝眼珠。

女儿？公主……结婚了？

销售回答不仅结婚了，嫁的还是王族，否则没名没分的，即使是"公主"也过不上富裕生活。还有，迪拜女人普遍早婚，近亲结婚放在王室家族也正常，希望他的回答能解开我的疑惑。

我不禁失笑，怎么突然对一个八竿子打不着的已婚妇女感到兴趣？我这个大傻瓜！

所以当销售告诉我"公主"约了明天下午五点提车，我可以远远的瞻仰芳容时，被我给谢绝了，因为明天我打算出海一趟。

~

我有一艘法国制造的风帆游艇，被我命名"月亮号"（借以纪念小月姨），船体身长13.5米，里面应有尽有。

刚开始的海上行只有我一人，惬意是惬意，但危险系数也高，因为海上不确定的因素很多，来一条鲸鱼就足够将船"一拍两散"。基于我无法时时刻刻观察海面状况，我不得不雇用一名水手Sexta，他是希腊裔，航海经验非常丰富，还能用英语沟通（这点很重要）。

今天的计划是沿着波斯湾航向西北的卡塔尔，我的中国护照在卡塔尔能免签，正好借此机会逛逛这个国家。

然而人算不如天算，船开出去不到三个小时便狂风大作兼暴雨如注，Sexta问我还继续吗？

虽然很想参观卡塔尔的伊斯兰艺术博物馆，但在可贵的生命面前，也只能放弃。

没想到往回开不到半小时又雨过天晴，仿佛不久前的恶天气不过只是开个玩笑而已。

Sexta问我要不要转向阿巴斯港？

虽然伊朗也能免签，但我对这个国家兴趣缺缺，所以决定打道回府。

Sexta听完很开心，因为我付了他两天的费用却航行不到半天，等于小赚一笔。

我向来不把"小钱"看在眼里，只要双方合作愉快即可。

上岸后，我用希腊语"Αντίο"向他告别，他却回复我普通话"再见"，这种默契真是配合得天衣无缝啊！

我开着血红色跑车在哈利法塔附近绕圈子，不是我迷路了，而是心中仿佛有一根线牵引着，我既想追随又告诉自己别去，那是一名已婚妇女，在视女人为财产的国度里等同一条毒蛇，千万别碰！

然而越叫自己别引火上身，我就越蠢蠢欲动。不讳言地说，当车子驶向兰博基尼4S店时，我竟然有种"凤凰涅槃、浴火重生"的快感，这是"自作孽不可活"的前兆啊！

哎~

第二十五章/欲哭无泪

下午五点，虽然天还亮晃晃的，但兰博基尼的汽车展售厅却已灯火通明。

我看到一位身着改良式黑长袍的女人在和销售讲话，她的脚上踩着时尚的细根高跟鞋，手里提着爱马仕铂金包，手腕上有闪闪发光的表及金手链，手指上套着鸽子蛋……

显然这是一位贵妇，但是不是销售口中的"公主"呢？

我等待她转过头来，只要看到那对像布偶猫的蓝眼珠，应该八九不离十。可惜她不仅没转身，还跟随销售而去，再出现时我只看到血红色跑车的车屁股。

"妈的，追！"我心想，随即跳上自己的跑车。

适逢交通高峰时段，我很快便深陷其中。每当这时候我总想踩着滑板穿梭其间，今日更甚，因为那辆血红色跑车就近在咫尺，我却够不着。

果然没两分钟后我便失去它的踪影，气得我捶胸顿足、哀叹声连连。

夜深了，我下床走向保险箱，左三圈、右五圈再左四圈后，门开了，我取走里面的小布袋，对厚厚一沓的房产证明文件视若无睹。

月光下，那个橄榄大小的玉勒子显得益加通透，如果不是桨形及卵圆形的细长线条破坏了美感，它简直是稀世珍宝……

我的思绪不禁回到过去，当年老教授把玉勒子交给我，同时耳提面命："记住了，真正的小河公主看到这个东西会有晕眩感。"

"然后呢？"

"然后妳把玉勒子放进她的嘴里，她便永远待在极乐世界，不再轮回。"

我细思恐极，这岂不是杀人？

他回答不是杀人，而是助人。

当时直觉老头子疯了，疯了的人哪有什么逻辑可言？只是不知为什么，兜兜转转后我真的来到迪拜，既然来了，我又无事可做，何不完成老教授的嘱托？可是人海茫茫，叫我从何找起？我拥有的信息也不过两条：

1、她已二十八岁。

2、看到玉勒子会晕眩。

还真别说，有一阵子我真干过蠢事，拿着玉勒子上街，看到"嫌疑人"便亮出宝贝，不仅对方感到莫名其妙，我也觉得自己离疯人院不远。

如今听销售提起蓝眼珠"公主"，我那宛如死水的生活开始变得不平静，这位公主会不会是我心心念念的小河公主？

隔天我打电话给销售，问他公主提车了没？他答提了，还问我难道没有在小区内碰到她？

后来我才知道迪拜公主也住在水晶湖社区，世界上竟然有这么凑巧的事？我感到很不可思议。

～

我住的水晶湖社区又叫迪拜酋长城，所有的项目沿湖建造，环湖一周约14公里，由此可知这个社区有多大。

为了找到蓝眼珠公主，我把寻人计划定在清晨及落日后，因为迪拜白天的气温最高可达40多度，打个蛋在地上都能煎熟，就别提徒步了，简直是酷刑！

计划定好后，接下来便是执行。执行计划者除了我之外，还有长耳朵柯基（毕竟它也需要运动及拉粑粑）。

刚开始我将目光锁定在"特豪"豪宅，结果逛了一圈下来自己也迷糊了，因为我分辨不出豪的等级（到底是以占地大小还是建材优劣来区分？我反正分辨不了）。

后来我学精了，那就是以车识人。听说两位数和一位数的车牌号是迪拜皇室用车，三位数则大多属于政府机关，至于四位数及五位数……那是提供给平民百姓的。换言之，甭管开的车有多豪，在数字面前立马见光死，因为在迪拜，位数少的车牌号往往比车子本身还要尊贵。

有了这方面的认识，我以为寻人计划很快能完成，结果一个礼拜下来还是没找着，原因在于烈日炎炎，业主多把车子停进车库内，我没有千里眼，看不见车库内的车牌号是几位数。

"看来今天又找不到公主了。"我心灰意冷地对长耳朵柯基说。

"汪汪！"

说时迟那时快，一辆血红色兰博基尼呼啸而过，与我的跑车同款，车牌号是两位数。

这该不会是公主的座驾吧？

我解开狗绳，同时命令长耳朵柯基追车去。它倒机灵，立马飞奔而去，只是我太高估自己的"耐热力"和体力，没跑多久便气喘如牛、大汗淋漓，更惨的是……狗不见了，连同血红色跑车一起消失得无影无踪。

这下子该怎么办？我真是欲哭无泪呀！

第二十六章/初次见面？

我首先想到的是监控录像，立马跑到物业管理处调取，可恨的是除了小区出入口及象征性的几个定点有安装摄像头外，其余都是盲区。

物业管理人员问我狗的样貌，我随手涂鸦在一张A4纸上。这是一件伤心事，没想到看到涂鸦的人却很欢快，大概他们以为我手拙，把狗画成了兔子。天知道我家的狗就长这个样子，它是一只串串，母亲是吉娃娃，所以拥有的耳朵比纯种柯基的还要长上许多，几乎等同脸长。

我很悲伤地回到家里，如丧考妣。印尼女佣问我狗哪里去了？我回答走丢了。

她说她去找，我大手一挥，放她出去，结果夜里快十点她才进屋，害我饿了两餐。

"I didn't find the dog." 她说，一脸的春情荡漾。

本来也没抱多大希望，但是被欺骗的感觉很不好受，尤其看到她的脖子上有个很明显的吻痕。

我挥挥手让她离开，话懒得说一句。

隔天天一亮，我便开着跑车在小区内寻找，车速开得很慢，被正常行驶的车辆按了好几次喇叭，但我不在乎。长耳朵柯基宛如我的亲人，想到它孤零零地待在世界上的某个角落，我心痛如绞。

绕了一圈没找到，我又来到物业管理处，发现自己的画作被贴在墙上，这就是他们所谓的"帮忙"？

我问了一下寻狗进展，他们答目前没有任何消息，也许狗已经不在社区内。

这也是我担心之处，社区外车水马龙，我的长耳朵柯基不害怕死了？它连过马路都紧跟着我。

我整天浑浑噩噩，像个游魂似的，粒米未进，连水都少喝，直到傍晚有人按门铃……

一听印尼女佣说狗回来了，我立马冲了出去。

长耳朵柯基看见我，又是跳又是叫的，好不热情。

安抚好狗后，我将头探出去寻找恩人，可惜只看到一个血红色的车屁股。

如果不是遗产官司胜诉上了报，我父母大概不会知道我成了有钱人，也不会差暖暖与我联系。

"不是已经登报解除亲子关系了吗？"我问。

"他们迷糊，难道妳也迷糊？父母和子女的关系岂是一纸声明能解除得了？"

"OK. 苏大妈、苏大爷迷糊，妳不迷糊吧？！当年哪里去了？"

我妹答若不是家里困难，她也不会厚着脸皮找我，算了，拜
~

"等等，有什么事快说。"

于是我知道我妈又欠下赌债，我爸又和女人扯不清（只是这次遇上仙人跳，对方狮子大开口），而她……雅思拿到6.5分，学校也给了offer，可是连机票都买不起，遑论每年高达三十万元人民币的学费加住宿费……

我问如果我现在是个穷鬼，他们还会回头找我吗？

"我回答不了假设性问题，但血浓于水，到哪里我们都有相同的基因，这个改变不了。"

基因？说得好！如果不是基因问题，小月姨也不会像她的母亲和舅舅那样得到渐冻症；如果没这个可怕的病症，她大概还活着，不致寻短。

"说吧！需要多少？"

"近期需要五十万，以后的……以后再说。"

我记得吵架时暖暖曾说过父母由她照顾，这会儿又忘得一干二净。

"这个五十万我可以给，以后的……以后再说。"

我妹问这是什么意思？我回答正常花销我付，但不包括赌资和嫖费。

她停顿了一会儿后，问我是不是现在把银行卡信息发过来？我答随便。

"姐，谢谢妳！"

这是打从有嫌隙以来，我妹第一次表达善意。我没有礼尚往来，因为不确定她的改变是不是钱起到的作用

不讳言地说，以前苦哈哈的时候，我还分辨得出真情实意还是虚情假意，现在钱多了，我反倒分辨不出。

挂上手机，我溜狗去。

一天的时间里，我最喜欢黄昏时分，每当这时候，晚风习习吹来，把白天的闷热都带走。逢运气好，我还能看到紫红色的霞光，好比现在，像身处紫水晶的世界里……

"汪汪！"长耳朵柯基突然吠了两声，然后扑向一名身穿黑袍，同时蒙上面纱的女人。

我赶紧上前阻止，并且以阿拉伯语道歉。道完歉，我的心里小鹿乱撞，因为她有一双摄人心魄的蓝眼珠。

"是妳吗?"她喃喃道。

我太吃惊了，她说的可是普通话？还有，她怎么会认识我？

"What?……什么？"怕自己听错，我分别用英语及普通话问（没办法，自己的阿拉伯语不行）。

"Never mind."她抚摸长耳朵柯基，"这只狗认识我，我曾喂它吃Falafel。"

Falafel是一道非常可口的阿拉伯小吃，用面粉包裹蔬菜油炸而成，再蘸上奶油芝麻酱食用……但这不是我关心的。

"妳认识我？"我问。

"我以前好像见過妳。"

我非常确定现实生活中没有与她面对面接触过，除非她指的是梦里。在梦里，我见过那双漂亮的眼睛。

"那狗……"我指着长耳朵柯基。

"狗是最近看到的，它突然出现在我家车库，我照顾了它几天，后来听说小区内有人丢了狗，我把它送回去，没想到是妳的狗。"

原来眼前这位就是把狗送回来的恩人。

"妳的中国话说得好极了，在哪里学的？"我接着问。

"我请了中文家教。"

"学了多久？"

"十年了。"

十年？我将时间往前推去，那会儿我刚上大学。

"学了十年汉语的人算很有毅力。"我说。

她答她是为了一个很特别的人学的。

"那个特别的人也是中国人？"

"应该是。"

什么叫"应该是"？为了一个人学习十年的外语，却不确定对方是哪国人，这未免也太奇怪了！

"天黑了。"她仰望星空，突然蹦出一句。

天的确黑了，但我不希望这段奇遇就这么结束，所以邀请她到我家坐坐。

她倒不扭捏，马上接受我的邀约。

第二十七章/Smile

小河公主出土后，专家曾复原她的容貌，身高约一米五八，头发是棕褐色的，鼻子尖挺，肤色很白……对比我在新疆考古研究所见过的干尸，出入不大，只是复原图中的眼珠颜色是褐色的，这个有争议，因为干尸的双眼紧闭，如何看出眼珠的颜色？

要我说，小河公主应该有蓝眼睛，蓝得像海、像琉璃苣、像布偶猫的眼珠子……

"妳怎么了？我的脸上有东西吗？"她摸摸自己的脸颊。

也难怪我失态，眼前的"公主"卸下头巾和面纱后，除了眼珠是蓝色（和专家的判断不同）之外，和复原图相差无几。

"没什么，请坐。"我把最好的位子留给她，"要茶还是咖啡？"

她坐了下来，开口要水。

我要印尼女佣拿来两瓶依云矿泉水，一瓶给客人，另一瓶给屋外的保镖。

一开始我并不知道她有保镖，然而再怎么后知后觉，走了五百米之后，我还是发现身后那个长得像泰国人的女子带着任务。等进了屋，我更加确定，因为那人就守在门外，是保镖无疑。

"妳的狗叫什么名字？"她问。

"长耳朵柯基。"

"什么鸡？"

我只好告诉她有关这只狗的身世。

"原来如此，难怪它的耳朵这么长……可是我觉得Smile这个名字更适合它，因为那么爱笑的狗，我还是第一次见到。"

我已经不止一次听人说我给狗取了个不好念的名字（主要是太冗长了），但我置之不理。今日听"公主"再次提起，我开始很严肃地思考是否该改名。

后来我才知道"公主"给所有认识的人和动物都归了类，不过你不用担心她记不住，因为只有两类，那就是Smile(微笑)和Serious（严肃）。举个例子，她的母亲、女儿、中文家教老师、瑜伽教练、乌龟、红龙鱼……归为Smile，至于她的父亲、丈夫、保镖、老虎、秃鹰……则是Serious。（注：迪拜的豪还体现在宠物上，我已经不止一次在行驶的豪车内发现猛兽。）

她的这段回答解开我的部分疑惑，包括她真的嫁入豪门（否则家里可养不起秃鹰和老虎，也雇不起保镖），同时间接证实她结了婚，还有个女儿。

"那我呢？是Smile还是Serious?"我问。

"是Serious，像我的保镖一样。"

她的保镖的确不苟言笑，但我不一样，自从见了面，我一直对她和颜悦色，不明白她为什么认为我严肃。

喝完水，她表示得回家了。

"妳可以留下来吃饭，Rini的菜做得还可以。"我说。

Rini是印尼人，一开始只会煮印尼菜，像是巴东牛肉、黄姜饭、爪哇炒面、沙嗲……等。后来我送她去学做菜，现在她煎煮炒炸样样都会，连牛排也做得好。

"不了，明天我得飞去瑞士看女儿，她在精修学校学习，说好一个暑假，她却闹脾气，我不得不前去陪读。"

精修学校？这还是第一次听说。

于是"公主"向我解释这是一所针对名媛开办的学校，主要培养女性的风度和气质，课程包括甜点制作、插花、绘画、服装搭配、语言、社交礼仪、旅行常识……等。

"妳多久回来？"我问。

"下个月月底。"

想到有四十多天见不到她，我突然有些感伤。

"我们可以互换手机号吗？也许哪天可以一起喝个茶。"我提议。

她没回答，反而问我会不会中国功夫？我答自己学过咏春拳，平常也健身。

"会射击吗？"

"没试过，应该不难学吧？！"

她思考了一下，与我互换手机号，并且告诉我她的名字叫Nahr，是"小河"的意思。

听到这个，我瞬间心跳加速、血脉偾张。

"那么妳女儿叫什么名字？"

"她叫Kawthar，是'天国之河'的意思。"

～

这一晚我又梦到小河公主，她微笑着向我走来，步伐缓慢，像一只高贵的孔雀。

"Nahr～"我喊。

不知怎的，她突然停下脚步，脸色惊恐地向我伸手。我奔向她，她却往后退去，像身后有一个巨大的黑洞将她吸了过去……

"不要！"我尖叫，同时惊醒过来。

不知过了多久，我才意识到长耳朵柯基正在舔我的手，我把它抱上床。

"我刚刚做了个奇怪的梦，"我抚摸它的毛，"你说Nahr是不是小河公主？"

"汪汪！"

我很惆怅，狗却笑得很开心。

第二十八章/阿布扎比

迪拜有8o%的人口是外来的，所以当看到网上有不明真相的中国妹子问来到迪拜该不该买件黑袍穿时，我笑出声来，因为当地穿黑袍的女人算少数，很多连面纱也卸了，所以当第一次见到Nahr时，我是有那么点儿费解，感觉她戴面纱另有别的原因，也许等混熟了之后再问她。

国人对迪拜的误解还不止在穿着方面，尚包括女人地位（男尊女卑）。我来这里快两年了，实话说，我也迷糊了，譬如在超市、商场、政府机关……我鲜少看到阿拉伯女性在工作，相反的，拿着钞票买买买的多半是女人，而帮提购物袋的却是男的。还有，女人乘坐公共交通工具被安排坐在前半截，哪怕边上都是空位，哪怕后半截车箱里的男人已经挤破头，依旧不能越雷池半步。

你若说迪拜女人的地位高于男的，这也有争议，好比女人一旦结了婚就得待在家里相夫教子。当老公不在家时，如果有陌生人敲门，就算把门砸烂了，女人也不会去开，顶多对着门大喊一声"家里没人"，意思是家里没男人。

在这里插一句，虽然迪拜是个现代化城市，但不表示也有开放的思想，事实上这是一个相当保守的世界，一个男的多看已婚妇女几眼，很可能吃拳头，而男女授受不亲的现象在此也完全体现出来，不但厕所分男女，连银行交费也是男的一排，女的一排，学校甚至从小学开始便实施男女分班……

还好目前为止，没人对我的"站队"产生怀疑（虽然我做男人打扮），否则我那上不了台面的阿拉伯语恐怕救不了自己。

阿联酋由七个酋长国组成，分别为阿布扎比、迪拜、沙迦、富查伊拉、乌姆盖万、阿治曼、哈伊马角等，迪拜只能算老二（不明白为什么它特别出名），老大是阿布扎比。

这一天无事，我打算来一场说走就走的旅行，地点就选在阿布扎比。

我刚把行李扔进后车厢，我妹便来电话，她问我阿布扎比离迪拜远吗？在机场打车会不会被骗？有没有靠谱点儿的打车软件？

我答不远，两个小时的车程，自己没打过车，因为我有车。

"有车最好，妳能开车去接吗？飞机还有几个小时抵达，时间上来得及。"

"妳什么意思？接谁？"

"当然是苏大爷和苏大妈，他们……他们想妳啦！"

听完，我一肚子火，这两位"不速之客"也太自以为是了，我干嘛千里迢迢去接？他们若想旅游，何不加入旅游团？

暖暖答如果有钱加入旅游团也不致于飞阿布扎比，直飞迪拜岂不更省事？还有，老太太老先生的确想我了，别小心眼，一家人哪有什么隔夜仇？

"等等……没钱？上个月不是刚给过五十万？"

"还完赌债、嫖资和我的学杂费，剩下的钱只够买三张单程机票。如果不是走投无路，我们……噢不，他们……他们也不会投奔妳。"

然后我知道父母又欠下一笔隐形债，这次不是赌博，也不是跟某个小姑娘扯不清，而是两人投资P2P，爆雷后被高利贷公司追杀。我妹动作快，买了三张机票，一张飞美国（好让她提前向美国大学报到），两张飞阿布扎比。

话甫歇，我恨得牙痒痒的，为什么每次收拾善后的工作都由我来做？

"不去接，妳让他们原机返回。"我喊。

"人已经在机上了，就算返回，也没钱买机票。妳自己看着办，要不就让他俩在机场干等，也许会有善心人士接济他们，因为回国也是死路一条！"

我咒骂个不停，脏话满天飞。

"手机没电了，就这样吧！"她冷酷地说。

"喂……喂喂……"

这下子我暴跳如雷，把想得到的狠话全说了个遍，依旧改变不了那两老人正向我飞来的事实。

"Are you ok?"印尼女佣问我，样子像受到惊吓。

"Not ok."我抓一抓凌乱的发，脑筋开始快速运转，"Wait……I should be ok."

我在阿布扎比的海滩边骑骆驼边看夕阳，闲适得不得了。

两个小时前，我的父母已经登上返回中国的航班，酒店管家说上机前他们一脸轻松。

当然轻松了，不是有句话"无债一身轻"吗？

自从被家里女佣询问ok不ok后，我意识到自己正处在穷人思维里，钱是干嘛的？无非买ok，何况我是这么这么的有钱，天底下还有不ok的事吗？

如此一想，我豁然开朗，花"小钱"把父母的债务一肩挑起，回报是"眼不见心不烦"，怎么算都值，不是吗？

回到我的假期，作为阿联酋的首都，阿布扎比的风头似乎被迪拜给盖过，其实前者更土豪，只是人家低调，不像迪拜那么懂得做营销。不信？让我告诉你，阿联酋有95%的石油储备，迪拜只占5%，还有，这里的绿化程度高过迪拜，而养一棵树代表每年得支出约五千美元的养护费。望着绿油油一片的阿布扎比，此时你大概会承认自己对"富有"的定义有多么狭隘了吧？！

在阿布扎比的每一天，我都睡到自然醒，养尊处优下好不容易胖了五斤，没想到被一碗羊杂豆子汤给扯后腿，拉了两天肚子后，我不胖反瘦（估计要气死在减肥路上呕心沥血的妹子们）。

除了这个"不美丽"的回忆外，其他都称心如意，好比我住的酒店舒适无比，里面配有豪华的织品、镶满宝石的银器、古铜吊灯和镀金马赛克，附近的几个景点像是谢赫扎耶德清真寺、总统府、阿布扎比卢浮宫、国家博物馆、艾赫森宫殿……等也都豪到不行，让我见识到钱的伟大和力量。

如果不是印尼女佣打电话给我，告诉我家里的狗病了，估计我还会在这个用钱堆砌而成的城市里继续纸醉金迷。

" I'll come back immediately." 我对Rini说。

第二十九章/吃软不吃硬

我火速赶回家，长耳朵柯基对我又跳又叫的，好不开心。

"What's matter with this?"我问。

Rini吞吞吐吐地答不清楚，今天中午狗还病恹恹的……

我第一个想到的便是长耳朵柯基想我了，以致思念成疾，这个傻孩子！

"走！散步去。"我对狗喊。

我住的水晶湖社区又叫酋长城，是第一个用"酋长"来命名的社区，原因无他，因为酋长及"部分"王公贵族也住这里，很可能走着走着就与蓝血人擦肩而过……

"汪汪！"我的狗对着一个骑自行车的人吠。

那人长着一副中东人脸孔，肤色是健康的小麦色，有深邃的眼眸及络腮胡，是个好看的男人。

"Stop！"我对长耳朵柯基飙起英语，因为对方是外国人，我要他明白我是个尽责的主人，不会放任自己的狗做出不礼貌的行为。

谁知对方猛然刹车，狗趁机扑了上去，又是跳又是叫的。这下子我懵了，难道长耳朵柯基认识这个男人？

此时尾随在后的壮实男人也下了车，并且挡在我面前。

"#¥#%€$……"那个明显是主子的人说了几句，壮汉退下。

" Is this your dog?" 他问。

" Yes." 我答。

" What's his name?"

" Changerduokeji."

然后他问我认不认识Nahr？我答认识，狗走丢了之后，是她把狗送回来的。

那人听完，对我说了句"maʕ as-salāma"，然后骑上看似价格不菲的自行车走了。

阿拉伯语中的"再见"有两个意思，一个是稍久以后见，另一个是待会儿见。他使用的是前一个，在我看来算慷慨的了，因为从他冷漠的态度看来，我几乎可以断定再次见面的机率微乎其微。

望着远去的背影，我心想他应该就是Nahr的老公，同时忆起他被自己的老婆归为Serious，不禁莞尔，这个名字也太贴切了，他的确严肃。

吃完晚餐，我很早就上床刷手机，直到睁不开眼才放自己睡觉去。睡梦中，有个人从后抱住我，身上有柠檬、麝香及柑橘的味道，那是小月姨最钟爱的一款香水。

我猛然惊醒，伸手按下床头灯，当看到女佣时，我一头雾水。

" What are you doing?" 我问。

Rini答他的男朋友不要她了，她难过得睡不着觉。

我安慰她别胡思乱想，她既年轻又漂亮，是那个男的没眼光，让他后悔去。现在夜深了，还是赶紧回房睡觉……

"No," 她又抱住我，"I want to sleep with you."

这是什么跟什么？

我坐起，表情严肃地要她马上离开。

Rini问我是不是来真的？她比小月姨年轻，懂的也比她多，我反正已经守身这么久，何不对自己好一点儿？

"Get out！" 我大喊。

她哭着离开，很撕心裂肺的。

这么一折腾，我的睡意全无，想到明天早上还要和Rini打照面，恨不得时间就这么静止不动。

你若问我对那事难道不想？这倒也不是，我没有守身如玉的念头，而是不想和自己的女佣……不，而是和Rini干那事，她虽不难看，但离好看也还有一段距离……

好吧！我承认自己就是个颜质控。实话说，和小月姨在一起多半为了感恩，爱情的成分很少很少（这和她岁数大，长得又抱歉不无关系）。记忆中除了小河公主曾让我怦然心动外，就只剩近期认识的那个人了。

此时，小河公主的脸和Nahr的脸交互出现，最后合为一体。

"小河公主的眼珠绝对是蓝色的，像Nahr的一样。" 我心想。

～

隔天，餐桌上摆着一张卷起来的阿拉伯大饼，有我的半截手臂那么长。

这种饼不难吃，但当早餐未免太寒酸？

换作平常，我会抱怨几句，然后要Rini重做一份，哪怕烤土司也行。如今因为昨晚的不愉快，我不想将矛盾扩大，决定"以和为贵"。

"Nice bread." 我说。

她微微一点头，同时给了我一杯阿拉伯咖啡。

阿拉伯咖啡喝起来很苦涩，尤其还加入奇怪的香料，我挺不喜欢的，Rini也知道，可是今早她却奉上。

我把不满的情绪压下来，没想到她得寸进尺，一连好几天给我各种奇奇怪怪的食物，屋子也没以前干净，还经常给我摆臭脸，我这是招谁惹谁？

"I don't think you like this job." 我决定打开天窗说亮话。

她答以前她很喜欢这份工作，因为我对她好，现在不喜欢了，因为我对她不好。

那还有什么好说的？我立马辞了她。

她反倒哭哭啼啼的，问我难道就不能对她好点儿？如果对她好，她就留下。

怎么个好法？难道和她共赴巫山云雨？

我说过自己吃软不吃硬，给我来软的，什么都好商量，若是硬着来，甚至出口威胁，抱歉！我不吃这一套。

"I don't want to see you when I come back." 说完，我叫上长耳朵柯基，一人一狗散步去。

第三十章/保镖

溜狗回来，Rini果然不在，厨房有未洗的锅碗瓢盆，水槽里还有条待解冻的鱼。

长耳朵柯基柔情似水地看着我，现在是它的晚餐时间。

我翻找了一下，找到了干狗粮，但没找到狗罐头。

"对不起，今晚你将就着吃。"我对狗说。

当它集中精神吃食时，我想起该检查一下屋子，毕竟一个工作两年的女佣刚走，我得熟悉一下东西都搁哪里了。

这一检查不得了，小月姨的名牌包、室内的昂贵摆饰及墙上的装饰画全不见了。

我立即冲向主卧的保险箱，左三圈、右五圈、再左四圈后，门开了，我把小布袋拿出来，还好那个玉勒子尚在。

"吓死我了！"我捂住胸口，"什么都能丢，这个可不能丢。"

隔天我找来锁匠把门锁给换了，对于损失的财物只字不提。不是我度量大，而是报警的过程很繁琐，与我的时间和精力一比，Rini拿走的东西根本不算什么，就当是送给她的遣散费吧！

下一步我并没有着急找替代女佣，而是换一种活法，譬如三餐出去吃或叫外卖，日用品上Dubai Mall的超市买，洗衣让洗衣店上门收件，洗完烫好再送回来（內衣裤比较麻烦，还好我钱多，成打成打的买，穿完就扔，非常省事）。至于屋内打扫，我买了两个扫地机器人，一个楼上，一个楼下，分工得很好……

只是每当夜深人静，我和长耳朵柯基坐在阳台仰望星空时，不免有些惆怅。以前女佣在时，屋子起码还有人气，现在就只剩下我……和狗，这是提前过上退休生活，实在太无聊了！

"嘟……嘟嘟……"手机响了，屏幕显示是"小河公主"的来电。

没错，我把Nahr的手机号标注为"小河公主"。

"Hello." 我急急说。

"这是Nahr。"

"妳好妳好……妳好妳好。"我太兴奋了，连话都不知道该说什么好。

"明天中午有空吗？我们一起吃个饭。"

"有空有空，地点妳选。"

Nahr说如果我不反对，那么约在帆船酒店的云顶餐厅见面。

帆船酒店以外型酷似帆船而得名，里面金碧辉煌。该怎么形容呢？那些看似黄金的东西，它真的就是黄金；看似水晶的东西，它真的就是水晶，把奢华发挥到极致。

这家酒店的云顶餐厅我没去过，倒是和小月姨吃过位于地下层的海底餐厅，有各种不知名的鱼在鱼缸里晃悠，那种体验还满特别的。

我希望云顶餐厅也有好体验，毕竟这是和"女神"的第一次共餐。

～

我们搭乘快速电梯，不一会儿工夫便直达位于27层的云顶餐厅，内部设计以蓝绿色为主色调，加上波浪设计，有种进入太空世界的感觉。

服务员带我们走向靠窗的位子，景观很美，可以俯瞰整个波斯湾及迪拜城景，连棕榈岛也尽收眼底。

我翻看了一下菜单，吃的是法国菜，也就那样，生蚝啊！蓝龙虾啊！鹅肝啊！……我闭着眼睛都能点（不是自夸，平常我吃的就是这类"家常菜"，早已麻木）。

"妳吃什么？"她问。

"随便，"想想不对，这个回答也太敷衍了，"我吃午市套餐，反正都一样。"

午市套餐从前菜到饭后甜点全包了，省去点菜的麻烦。

于是她点了两份午市套餐。

接着我们边呡餐前酒边无话可说，我在脑海里拼命找话题，终于找到一个突破口。

"妳今天没穿黑袍也没戴面纱，不要紧吗？"我问。

"我母亲是芬兰人，那里的人不穿黑袍也不戴面纱，我也只是偶尔兴起才会做那样的打扮。我的丈夫很理解我，只要不过分裸露都ok。"

她的确穿得很端庄，一身浅蓝色的长袍直到脚踝，脚趾头修得整整齐齐，还涂上了金色指甲油。

由于她提到枕边人，我说她的丈夫看起来很年轻。

"妳认识他？"她颇为惊讶。

然后我把在小区内偶遇的情况描述了一下。

"的确是他，他喜欢骑自行车。"她停顿了一下，"狗的事他也清楚，当我把狗带回家的第二天，他来找我。"

"妳和老公不住在一起？"

"《古兰经》里规定阿拉伯男人可以娶四个老婆，他每隔三个礼拜来找我。"

原来我的女神只是别人的众老婆之一，我有点儿小失望。

接着我问起她的瑞士行，她答很好，Kawthar不再闹脾气，让大家都松了一口气。

我忽然想起她的保镖，今日好像没见着，我下意识左瞧右看。

"妳找什么？"

"妳的保镖。"

"她辞职了，我已经两天没保镖，我的丈夫很担心。"

我告诉她这个不难找，很多公司都提供这类服务。

"是不难找，但我丈夫说得找个女保镖，还得功夫好，年龄不能超过三十岁，这个就有难度了。"

我点头表示同意。

"要不，妳来当我的保镖。"她说。

"我？"我扬起声，"我一点儿经验也无。"

Nahr答这个简单，他家雇用的保镖公司正在招人，我会中国功夫，正好，稍微培训一下即可上岗。

老实说我是有那么点儿纳闷，Nahr去过我家，知道我不缺钱，既然不缺钱，她哪来的自信认为我会接下这份工作？

"我……我想一想。"

"我的房子很大，厨子的手艺也很好，妳可以搬过来和我一起住。"

想到我家冷锅冷灶的，內心开始动摇。

"我家还养了很多宠物，妳的狗也可以一起搬过来。"她补上一句。

这真是神助攻，我既能和女神朝夕相处还不用管生活琐事，连狗事也安排好了，再美不过。

"好，明天我就去应征。"我答。

第三十一章/走马上任

我来到保镖公司，大门上贴着征人广告，大意是征求特种兵、退役军警及体育生，培训后担任私人保镖，身高不能低于175厘米，五官端正，没有纹身，有驾驶证，身体素质要高……

一读完，我心里骂娘，这不是捉弄人吗？我一个学考古的，身高不到一米七，虽然懂点儿咏春拳，但也就那样了，根本不符合征人条件。既然不符合，经理干嘛还约我见面？白浪费时间而已。

我正想撤，有人叫住我。

"Are you Miss Su?"他问。

"Yes."

接着他请我入内，并且马上开出一个月的课程，承诺培训结束后安排工作，月工资三万迪拉姆。

我告诉经理，自己只是个普通的大学毕业生，身高也没达标，这不要紧吗？

他思考了一下，问了一个奇怪的问题："Are you a female?"

这是什么烂问题？我当然是个女的(至少生理结构上是）。

他答那没问题了，一个月后绝对让我成为合格的女保镖。

话说得云淡风轻，实际上可没那么轻松，让我告诉你保镖是怎么练成的。

一些不合常理的体能训练就不说了，暴力行为（酒瓶砸头、以多对一等）也所在多有。我是受训课程中惟一的女生，可是就算处于生理期也一样要接受水中浸泡及滚泥浆的魔鬼训练。还好平常我有健身的习惯，反应也算灵敏，一个月下来，体能上去了，还考到一张IPSC证书（但我尚不能合法拥有枪支，因为买枪需要枪牌，而枪牌需要经过三天有关枪支安全的课程培训及考核，并且提供无犯罪证明才能获得）。

等我如愿拿到枪牌，公司为我配备了一把左轮。这是一把很沉的手枪，有六个弹巢，稳定性高，能有效防止卡壳。

虽然拥有枪支是件很酷的事，但我希望永远都用不着它。

培训完毕，我被安排到Maktoum家族上岗。

我只简单带了个手提行李包，毕竟天气热，穿正装的机会并不多。再说了，真需要点什么，我回家取就是，反正工作地点离我家挺近的，然而……

车子开了一个多小时后来到一个挑高的拱门前，大概之前打过招呼，站岗的警察没有要求我们停车检查，直接放行。过了大门后，沿途是马场、骆驼场、鹿场……等，最后来到一栋大房子前

经理告诉我这里就是我未来要工作的地方，一个月休假两天，今天是第一天上岗，由他引见，以后我开车上下班。

我问难道不提供住宿？还有，这是哪里？

他回答这里是迪拜皇室的众多王宫之一，我运气好，替王子工作，不过这位王子不提供住宿，因为他不是王储，王宫的房间数没那么多。

想到每天都得在烈日下往返两个多小时，想死的心都有，但换成晚班也很累人……怎么看都觉得自己傻，放着岁月静好的日子不过，反倒拿石头砸自己的脚。

"等遇到Nahr，我要质问她为什么说一套做一套。"我心想。

然而工作五、六天了，我仍没见着她，倒是跟着一个丰满圆润的女人上了好几次商场。那人不和我说话，很高冷的样子。

直到某天接到Nahr的来电，我才知道自己被摆了一道。

"太可气了！我以为妳还在受训，没想到被派给王子殿下的二老婆。"她停顿了一下，"不行，我现在就抗议去！"

隔天我仍正常上班，下班后接到经理的电话，他说我被二老婆投诉了，不过没关系，他已经帮我找到另一家，就在水晶湖社区，包吃住。

经理对自己的失职只字不提，反倒把过错推给我。

我没有为难他，匆匆挂上手机，然后一路哼着歌回家。

Nahr的家比我家大上好几倍，庭院目测有半个足球场大，我的狗正在草地上跟两只老虎玩耍，都是幼崽。

"坐，妳喝什么？"Nahr问。

"我不喝，现在是上班时间，我到外面站岗。"

"妳若到外面站岗，万一屋內有人对我行凶怎么办？"

"那么我先检查一下屋子。"

一检查，我才发现皇室和平民百姓的住宅还是有差异的，这个如同皇宫般豪华的宅子有着强烈的阿拉伯风格，穹顶及拱门随处可见，色彩以圣洁的白和大地的泥土色为主，加上铸铁工艺桌椅、五颜六色的布艺、贝壳型的壁龛，无所不在的皇室Logo……尽显奢华大气。

我把楼上、楼下都检查了一遍，包括佣人房和车库，然后回到客厅。

"Mrs. Maktoum，我已经检查完毕，没有可见的危险。"

迪拜王室的姓氏都是Maktoum，我无庸再询问她姓什么。

"没有危险不就好了？快坐下，茶都凉了。"

我依旧站得笔直。

"好吧！我不为难妳了。"她说。

得到赦令，我到房子外面站岗。

不讳言地说，这是份极其无聊的工作，尤其户外热浪滚滚，即使站在椰枣树下，依旧像做了桑拿浴，衣服就从来没干过。

每隔两小时我有二十分钟可休息，这时我会冲进自己的房间洗个战斗澡再换上干净衣服，等喝完冰箱里的两瓶冰水后，又到了站岗时间。

Nahr曾说泰国女保镖辞职后她便没了保镖，我后来意识到她指的是贴身保镖，因为房子外头有不止一名男保镖，他们轮班着，确保任何时刻都有人站岗。

好不容易等到太阳下山，我终于可以回房喘口气，佣人却通知我，女主人要出外用餐。

按照合同，我的工作时间是早七晚七，一天工作十二个小时已经够可以的了，莫非还要加班？

由于今天是第一天上班，我不想惹主子不高兴，还是默默接下任务。

"I'm coming." 我说。

第三十二章/天人交战

晚上七点多，太阳的热气还未散去，我穿上黑西装及黑长裤，像个黑社会小弟。

迪拜人很重视晚餐，我猜公主选的餐厅应该有着装要求，但这不是我穿正装的主因，而是自己佩戴了手枪，枪袋就在腋下，总得有个东西遮挡住，免得引起骚动。

司机停好车，我先下，观察了一下四周环境，确认没有可见的立即危险后才打开车门。

今晚的Nahr打扮得很耀眼，身着香槟色晚礼服，巧妙的V领设计突显了她的天鹅颈，腰部有手工刺绣花纹，下裷是轻盈的网纱……一举手一投足，顾盼生辉，美得不可方物。

当她走向公共区域的餐桌（不是包间）时，我站在靠近门口的角落，眼观四路、耳听八方。没多久，服务员走过来告诉我，Nahr要我过去。

"Mrs. Maktoum，有什么事？"我问。

"我的朋友临时有事不能来，妳陪我吃饭。"

"可是……"

"没什么可是，妳不是已经下班了？既然下班，我就不再是Mrs. Maktoum，而是Nahr，妳的朋友。"

说得太对了，何况中午我只吃了个三明治裹腹，正饥肠辘辘。

"好，"我坐了下来，"那我不客气了。"

这是一家阿拉伯餐厅，已经连续好几年被评为迪拜最佳餐厅，称得上是网红店，我已经不止一次打卡过，算是熟客。

我稍微翻看了一下菜单，要了烤鱼拼盘、土耳其羊肉饭、鹰嘴豆汤、沙拉和奇异果汁。Nahr说也给她来个一模一样的，但不要鹰嘴豆汤。

服务员走后，我问她为什么不喝鹰嘴豆汤？

"因为它有股怪味。"她答。

中东地区的人很喜欢吃鹰嘴豆，譬如拿它与肉一起炖，或者捣成泥状做成甜品，更多时候它是一种配菜，像水煮红萝卜或油炸薯条一样。

虽然Nahr的口味和当地人不一样，但我尊重每个人的独特性。

我们边吃美食边闲聊，聊着聊着，Nahr问我有没有梦见过她？

我的心喀噔了一下，问她为什么这么问？

"小时候我一直以为梦是相通的，如果我梦见了小玩伴，小玩伴一定也会梦见我。当然，这是个可爱的想法，却不是真的，但……自从第一次见到妳，我非常确信妳曾出现在我的梦里，而且不止一次。"

接着，她告诉我她的每一场与我有关的梦境，听得我冷汗直流。是的，我也在那里。

"这就是为什么初见面时，妳问'是妳吗'的原因？"

"没错，为了听懂妳在梦里说了什么，我开始学习汉语。再告诉妳，两年前的某天，当我正在睡觉时，我听到妳的声音，妳说：'嗨！我是苏青青，初次见面，请多关照。'，可是我们明明已经在梦里见过好多回了。"她停顿了一下，"老实说我到现在还分不清楚那究竟是不是一场梦，因为连妳呼吸的声音我都听得一清二楚。"

"哐啷"一声，我的果汁杯落了地。

"Sorry." 我对赶来救场的服务员说。

一番手忙脚乱后才回归正常。

"我希望妳不要误会我是个疯子才好。"她说。

"怎么会？妳的精神完全没问题，是我……是我不小心打翻了杯子。"我安慰她。

我清楚地记得两年多前我闯入了新疆考古研究所，就为了亲眼目睹小河公主的风采，当时我对干尸说："嗨！我是苏青青，初次见面，请多关照。"

由于谈到敏感话题，氛围变得没有那么自然，更糟糕的是她提起更敏感的事。

"今晚我丈夫不在。"

"噢！"

Nahr的老公有四个老婆，她是第四个，每隔三个礼拜轮到她。

"我的女儿也不在，她去同学家过夜。"

她不说，我真忘了她还有个女儿。

"妳为什么要告诉我这个？"

"我……我以为妳想知道，"她选择不看我，"我的房间在二楼向南，只有一间，妳不会搞错的。"

我没注意到二楼向南的房间是不是只有一间，但她是否在暗示什么？

"晚上……如果我醒来，会到二楼转转，确保妳是安全的。"我说。

"……谢谢！"她答，依旧看着桌上吃剩的鱼骨头。

整个晚上我睡得很不安稳，仿佛有盆火在身体内烧呀烧，等五脏六腑全烧光，我从床上跳起。

"苏青青，妳干嘛去？"

"我……我喝水。"

"床头柜上有瓶装水。"

"我……我是保镖，我去查看屋子安不安全。"

"苏青青，妳……"

没等我"天人交战"完毕，我大踏步走出房外，直上二楼。

第三十三章/Kawthar

这是我居住在Nahr家的第一个晚上，屋内的感应式灯光让我想起当年勇闯新疆考古研究所的情景，不禁毛骨悚然。

上到二楼，我发现向南的房间的确只有一间，可见它的面积有多大。

我轻手轻脚地走过去，再轻手轻脚地往回走，来来回回好几趟，最终还是放弃。当回到自己的房间，我哀叹声连连。

苏青青啊苏青青，妳他妈的就是个孬种，多好的机会被妳放走了，妳以为天天都是星期天？

～

隔天天一亮我就站在椰枣树下，直到换了两次班，我才看到Nahr的影子。今天的她似乎情绪不佳，佣人过来和她交谈，被她赶走了。

我以为她会坐在次客厅里很久（没错，屋子里有两个客厅，主客厅供男主人和男访客使用；次客厅供女主人及她的闺蜜使用，阿拉伯世界就是这么泾渭分明），结果不一会儿的工夫她就站起来走到落地窗外。

从我站着的角度看不到她，于是我通过长长的走廊走向后院，那里有一长排的牧豆树。这是一种生命力非常顽强的带刺小乔木，不需要很多水灌溉就能长得很好，难怪被阿联酋选为国树。

现在我终于又看到Nahr，她凝视泳池好一会儿后才脱下身上薄如蝉翼的连身裙，露出底下的三点式泳衣。啊！那身材多么婀娜多姿，该凸的凸，该凹的凹，两个水蜜桃还柔软有弹性，让人忍不住想咬一口。

她做了几个暖身动作后，一头栽进泳池内，先是自由式，游了两回后切换成仰式，我因此看到她紧致的小腹及结实的大腿，像飘浮在水面上的一块蜜糖……

"Oh Jesus！"我听到身后有人发出赞叹声，原来另一名保镖也悄悄跟了过来。

在男女授受不亲的国度里，偷看女人游泳是极其不礼貌的事。

我走向泳池，唤了一声女主人的名字。

她从水里冒出头来，问："What?"

"有人在看妳，赶紧上来吧！"我说。

她一上岸，我把躺椅上的浴巾往她身上一裹，等她进了屋，我不忘对那名偷窥者竖起中指。

～

Nahr和我呈L型坐在次客厅里。

"我知道Manjappa和Rama会偷看我游泳，这没什么，在海边多的是穿泳衣的女人，妳太紧张了。"Nahr对我说。

"我以为阿拉伯女人都很保守。"

"生活已经够压抑了，如果再给自己加上各种条条框框，日子都不用活了。"

"那好，"我站起来，"以后我不多管闲事。"

"等等，"她握住我的手，"昨晚妳为什么不进来？"

"我……"

"妳害怕？"

我的确害怕，她是个公主（虽然母亲只是个未公开的情妇），还是一名已婚妇女，我仿佛走在悬崖峭壁上，一边是深不可测的海洋，另一边是成群的凶猛野兽，只要踏错一步，下场必是粉身碎骨。

"是的。"我答。

要承认自己软弱很不容易，尤其面对的是自己心怡的女人。

Nahr说我还是不够有勇气，我答勇气得用在对的地方，尤其她已经结婚了。

"难道结婚就不配拥有闺蜜？"她问。

"妳当我是闺蜜？"

"当然，我感觉我们已经认识很久很久了。"

知道Nahr不过视我为闺蜜，我有小失望，因为我要的更多。

"只当妳的闺蜜的确需要勇气呀！"我一语双关地说。

下午三点，Nahr说得去接女儿了，她在国际学校念书，今天没有课外活动，刚好带她上商场逛逛。

Nahr的女儿约七、八岁，还是个小学生。

"她长得像妳吗？"我问。

"妳看了就知道。"她答。

迪拜的国际学校允许家长进校园接孩子，当Nahr和其他家长寒暄时，我仔细观察四周，生怕有一点点儿的差池。

"妈咪～"、"妈咪～"、"妈咪～"……一个个鱼贯走出教室的孩子纷纷投入母亲的怀抱，目测现场没有父亲来接。

等人都走光了，仍不见Kawthar。

"看来她又惹祸了。"说完，Nahr笔直地走向教室。

老师跟Nahr交谈的时候，那孩子背对着大人，独自坐在地上玩芭比娃娃。

"Kawthar，@#$&%……"Nahr柔声地喊。

Kawthar依然不理会，做妈妈的只好走过去将她拎起。

当那个有着一头棕褐色卷发的女孩转过身来时，我倒吸一口气，这不是巴士上的小女孩吗？虽然个儿抽高了，但那双圆滚滚的大眼睛没变。

接着Nahr向女儿介绍我，可惜等来的是一张冷漠脸。

"Hi, my name is Su Qingqing. How are you?"我的阿拉伯语不行，只好用英语向她打招呼。

她还是保持沉默。

Nahr赶紧解释她女儿不是针对我，那孩子已经不说话两年多了，连心理医生也找不出原因。

两年多？这么巧？我记得两年多前在新疆，她曾两度开口对我说"Dubai"（迪拜）。

"妳女儿去过新疆吗？"我问。

Nahr反问我那是哪里？

此时小女孩用力一扳，手上的芭比娃娃断成两截。

"Kawthar，@&*$%......" Nahr又喊，这次有责骂的意味。

我皱紧眉头，心里有隐隐的不安。

第三十四章/奇怪的小女孩

讲到购物，那不得不提迪拜购物中心（The Dubai Mall），它是世界上最大的购物商场，总面积相当于200个足球场大，汇集了购物、餐饮、休闲娱乐等项目，拥有一千三百多家品牌店，尚包括两个百货商店（老佛爷和布鲁明戴尔）。

我和司机跟在一大一小身后，司机的手上拎着好几个购物袋，那是过去三个小时的战利品。

Nahr打发司机回车上后，我们一行三人进入Shake Shack，这是一家美式简餐店，提供汉堡、热狗、奶昔及薯条等。

"小公主"今晚的胃口似乎不大，半个钟头过去了，手上还有大半个汉堡。吃得慢只是部分原因，主因是大部分的时间里她都在玩，把一根根薯条摆在托盘上，挪过来又挪过去。

Nahr忽略Kawthar的顽皮，试着与她交谈，但说出去的话像击出去的球，半天没有回应，只换来点头和摇头。

当小女孩第N次点头时，Nahr起身，代表用餐结束。

我帮着清理桌面，先把吃到一半的汉堡及喝得只剩1/3的奶昔扔到垃圾桶，再回头取托盘。由于托盘被"小公主"注入了奶昔，上面飘浮着几根薯条，稍微不留意，很可能把地板弄湿，我不得不小心翼翼捧着，然而就在一片狼藉中，我看到了征兆。

"有股神秘的力量一直跟随小河公主轮回转世，妳得小心避开，免得惹祸上身。"老教授说。

"什么神秘的力量？"我问。

"我父亲没有明说，只表示这股神秘的力量自带符号，如果任务失败，结局便是和小河公主一起轮回，到不了极乐世界。"

"你的意思是每三十年轮回一次？"

"是的，公主轮回后依旧是身份高贵的公主，但解救的人可不一定了，也许成为畜牲，甚至是肉眼看不见的细菌。"

"妈的，怎么差这么多？"

"所以妳要做的是找到公主，然后把玉勒子放进她的嘴里。一旦公主到达极乐净土，那股神秘的力量也瞬间瓦解，妳可安安稳稳地度过下半辈子。当大限来临时，也是妳获得永生之日。"

"和公主一样？"

"没错，和公主一样。"

此时奶昔上浮着的薯条拼凑成一个倒挂的五芒星，中间打了个叉，看起来很诡异。

这可是老教授所说的符号？我惴惴不安。

岁月如流，我在这栋豪宅里已经待了十几天，除了皮肤晒黑外，基本没什么变化，倒是长耳朵柯基的战斗力升级了，路上看到别家的小狗小猫总想来个"饿狼扑食"，谁让它的玩伴是孟加拉虎呢？

由于女主人只是个小老婆，家庭成员相对简单，如同Nahr所分类的一样，在这个家，Smile 永远 Smile，Serious 总是 Serious，只有一个人严重不符，那就是Kawthar。要我说，她应该归为Serious，而非Smile，我把这个想法告诉Nahr。

"不是的，两年多前她很爱笑，什么话都对我说，我不懂为什么她会突然性情大变。心理医生怀疑这是创伤后应激障碍所引起的失语症，具体是什么，医生没有结论，我更是一无所知。"

原来如此。

"需要我帮忙吗？我的意思是我可以陪妳女儿玩，人一有伴，心情也会变好，或许她就愿意开口说话了。"我说。

"真的？妳真的愿意？"

这时我才了解什么叫"眼睛里有星星"，可惜Nahr眼里的星星不是为我，而是为了她女儿。

"当然是真的，晚餐过后我可以抽出一个小时陪她玩。"

"既然这样，以后晚餐妳都和我们一块儿吃吧！"

"好的。"

决定和这个家庭亲近，除了靠近女神外，我还想找出"神秘力量"。究竟这个神秘力量是他、是她还是它？我不知道，但当第一个"嫌疑人"出现时，我有必要一探虚实，毕竟知己知彼才能百战百胜。

～

晚餐过后，我陪Kawthar在游戏室玩。有钱人家就是这样，大人有专门的娱乐室用来看电影、打台球或下国际象棋；小孩当然也有自己的娱乐方式，譬如这个游戏室有个小型的球池滑梯及一整套的芭比梦幻家园。

我很少和孩子接触，不知道他们喜欢玩什么，但显然Kawthar不排斥芭比，于是我和她玩角色扮演的游戏。

" Mas Mu Ki?" 我拿起一个男娃娃，用阿拉伯语问她的名字是什么？

Kawthar的手上拿着结婚芭比，白色的亮丝礼服看起来很高雅。

" Mas Mu Ki?" 我再次摇动手上的Ken（据说他是芭比的男友）。

谁知她扔下手中的娃娃，拿起笔开始画画。

画画好，我才不想玩芭比呢！

那孩子在一张素描纸上画了一个带泳池的两层楼房子，房子四周围有很多树……

显然她画的是她家。

" You can also draw your daddy, your mummy and yourself."我说。（没办法，阿拉伯语不够用，只好拿英语来凑。）

她听话地画了一个穿泳衣的女人，从胸部发达的情况来判断，这是Nahr。接着她画了一个矮半截的卷发女孩，这个也很好理解，她画的是自己，然后……她画了一个留平头的人躺在一个盒子里。

我问盒子里的人是谁？她指向自己。

什么？！有没有搞错？那么卷发女孩又是谁？

结果她还是指着自己的胸口。

我迷糊了，一个人怎么会有两个分身？莫非这女孩精神错乱了？

此时不远处的地球仪吸引了我的注意力，我把它拿过来放在桌上，问她知不知道我们在哪里？

她一眼就锁定波斯湾南岸。

" Where is China?" 我又问。

她转动了一下地球仪，指向太平洋西岸。

很好，至少她的地理常识还是有的。

我接着问她知不知道乌鲁木齐在哪里？

她拿起手上的红笔，在地球仪上点了个红点。

" Nearly ." 我说。

一个外国小女孩知道乌鲁木齐这个小城市的大概位置已经很了不起了，即使有误差，差不多得了。

当她又低头画画，并且对我的问话不加理睬时，我决定今天到此为止，然后把地球仪放回原位，此时那个小红点突然刺了一下我的眼。

"这是哪里？"我自问，同时更靠近一些。

这一看不得了，红点处不是罗布泊吗？小河公主就是在那里出土的。

我望向Kawthar，她正聚精会神地做画，雷打不动。

第三十五章/秘密情人

整个晚上我睡得很不安稳，脑袋里千军万马在奔腾，Kawthar为什么不说话？时间还刚好卡在两年前，这是巧合吗？

"苏青青，妳干嘛去？"

"我……我喝水。"

"床头柜上有瓶装水。"

"我……我是保镖，我去查看屋子安不安全。"

"苏青青，妳……"

没等我"天人交战"完毕，我大踏步走出房外，直上二楼。

我轻手轻脚地走过去，踌躇了一会儿，敲了两下门。

"进来。"她喊。

一进门，感应式灯光随即亮起，我看到一面金光闪闪的墙，由黄金和施华洛世奇水晶打造而成。

"我在这里。"她又喊。

往左拐，我看到客厅、King Size的床以及床上坐着的女人，她的一头乱发显得风情万种。

"妳来了。"她说，声音很慵懒。

"嗯！有些话想问妳。"

"上来。"她拍拍身旁的位子，雪白的被褥看起来很柔软。

"我……我还是站着说吧！Kawthar好像……"

"好像什么？"她将低得不能再低的胸口往下拉，"迪拜的天气就是这样，热到不行，我整个人都快融化了，妳快来救救我！"

迪拜的天气的确热情如火，即使夜里依然闷热，但Maktoum家族不一般，二十四小时冷气全开，

"怎么救？"我问。

"妳过来，我教妳。"

～

这张大床正对着的天花板镶嵌着好多颗水晶，即使没开灯，仍像星空一样灿烂。

"刚才……很好，"她亲吻我耳垂，"我们再来一次，嗯？"

"不行，"我背过身去，"我会被乱石打死，妳也是。"

"别担心，被乱石打死是男女出轨，针对同性恋，政策就是民不告官不管。"

这就是症结所在，她老公肯定告我，我和她都会被公开审判，再以乱石击之。

Nahr沉下脸来，她说没想到我如此软弱，既然这样，走吧！她不会再对我有任何依恋。

我的身上还留着她的体香，叫我如何舍弃？但……

"对不起。"我起身。

"滚！"一个枕头击中我后背，"永远别进我房间。"

隔天风云变色，Nahr不再对我亲近，她越冷淡，代表她越在乎。

我也不是完全无感，事实上我痛苦得不得了，那样新鲜欲滴的果实，尝过之后便永生难忘……

熬过难耐的白天，当夜幕降临时，我像只发情的公狗，只想往外冲。

"苏青青，妳干嘛去？"

"我……我喝水。"

"床头柜上有瓶装水。"

"我……我是保镖，我去查看屋子安不安全。"

"苏青青，妳……"

没等我"天人交战"完毕，我大踏步走出房外，直上二楼。

实话告诉你，昨晚我曾上网查看，伊斯兰国家把同性恋视为道德败坏或生理上的疾病，各国采取了不同的制止措施，譬如强制性治疗、坐监、在公共场所鞭刑……等，死刑倒是没有。

既然不会死，Nahr又说这是民不告官不管的事，加上她老公又经常不在家，也许……

"扣、扣、"我轻敲两下门。

无人回应，我又敲了两下，还是一片寂静，我正想离去，门开了。

"妳要什么？"她倚着门问，身上的薄衣若隐若现。

"我……要妳。"

她笑如春花，一把拉我进房间。

显然Nahr的"闺蜜说"也不过是"一说"而已，她的身体倒是比她的嘴来得实诚。在我们的互动当中，她是主导的一方，我反倒显得被动，如果不是她的有意撩拨，依据我的"慢火炖熬"，这层窗户纸不知何时才能戳破。

"妳怎么了？"她亲吻我。

"能不能问妳一个问题？"

"问。"

"我……是不是妳的第一个？"

我当然不会傻到以为她还是个处女，毕竟孩子都有了，我问的是我是不是她的第一个"女友"？

"不是。"

当听到答案，我很伤心，虽然她也不是我的第一个"女友"（小月姨才是）。

"那是我们实际见面之前的事了。"她补上一句。

"我知道……等等，什么叫实际见面？"

"大概十年前，我梦到一个短发女孩，我们一同走进树林里。风很轻，阳光正好，身旁还有一只小花鹿，那女孩主动吻我，从此我就爱上她了……"

我记得那件事，我以为做梦的不算数。

"其实不止一只花鹿，而是两只。"我说。

"是吗？这个我记不清了，因为我的眼里只有……妳。"

她的坦率让我感动，没想到十年前的事她还牢记在心，同时间接证明她不是一个私生活混乱的人，她的"主动"其来有自，这让我更加爱她。于是这次我主动要她，当我俩同时达到高潮时，我给她一个大大的吻，把她的嘴唇整个吸进嘴里去。

接下来的几天，我们焦不离孟，孟不离焦，就像马德堡半球一样，八匹马都拉不开。如果不是今日午后的一辆豪车驶入，估计今晚又是香艳无比的一夜。

没错，Nahr的老公回来了，不出意外，他会待上一个礼拜。

Nahr曾说过这个包办婚姻让她很排斥，因为心里有我，还有，她和新郎（远房表哥）不过小时候见过数回，连话都没能说上几句，这样的"盲婚"很难让人心中有期待。

如今这个"表哥"气宇轩昂地行经我面前，我向他鞠了个躬，他好似没认出我来，踩着相同速度的步伐进屋。

从落地玻璃窗，我看到Nahr上前拥抱自己的丈夫，两人亲亲我我的，旁若无人。

这一点儿也不像感情欠佳的夫妻呀！

我握紧拳头，感觉指甲都渗进肉里去，尤其当见到两夫妻依偎着上楼，我的身体仿佛有千万只蚂蚁在咬……

苏青青啊苏青青，妳算个什么玩意儿？不过是见不得光的情人啊！

第三十六章/大惑不解

有人说"嫉妒是一把刀，最后不是插在别人身上就是插在自己心里"，我深以为然。

男主人回来代表我这个情人得下台，这是早知道的事，我却寝食难安，一个礼拜下来，瘦了不止十斤。

当女佣过来唤我吃晚餐时，我才知道那个迪拜男人已经离开。都说"狡兔三窟"，他倒好，有四窟，每一窟还摆着各具风情的女人，你说气不气人？

我回绝了女佣，说自己不饿，没多久，Nahr过来敲我房门。

"Knock! Knock!"她说。

"苏青青不在，她死了。"我赌气地答。

她进房间，将门锁上，然后跳上我的床。

"别这样，从现在开始的三个礼拜，我是妳的。"

"我不要！"

"真不要？"

"真不要。"

她作势要走，我从后抱住她。啊！我爱极了她身上的味道，很蛊惑人。

然后的然后，我又被她撩得不分东南西北，正耳鬓厮磨时，她忽然喊停。

"不行，Kawthar还在餐桌上等我……们。"她说。

"那……好吧！把战役留到夜里。"

餐桌上的Kawthar还是一如既往的沉默，吃得很慢，一口饭咀嚼老半天。

Nahr说了她几句，她不高兴，直接离席。

"别理她，"Nahr双手捂着太阳穴，"她越来越古怪，我已经力不从心。"

"别难过，我这就过去和她谈谈。"

说要"谈"，其实只有我在唱独角戏，她还是闷不吭声，一个人在自己的世界里神游。

"哎！妳不说话，我感觉自己像个傻瓜。"我唉声叹气。

她噗嗤一笑。

咦！莫非她听得懂普通话？我决定测试一下。

"妳画的是天空吗？怎么没云？"我说。

她随即画了一朵白云。

太神奇了！她什么时候学的中文？难道是在学校里学的？

"看样子妳听得懂普通话，太好了，妳也知道我的英语和阿拉伯语都不咋地。"

她又笑了，这下子绝对是板上钉钉的事。

"Kawthar，妳看着我，"她真的盯着我瞧，"虽然我不知道妳为什么不说话，但我很想与妳交流，妳看这样行不行？我问妳写，不想写就画，好吗？"

她还是死盯着我。

我突然感到费解，会不会刚刚误会了，她根本就听不懂普通话？

"嗯……妳讨厌我吗？"我问。

她摇摇头。

很好，她听懂了，并且对我的问话做出反应。

"妳为什么不说话？"我又问。

她低下头画画，画的是一个倒挂的五芒星，像她在美式简餐店用薯条摆出来的样子，只是中间的大叉换成了公羊头。

"妳画的什么？"我三问。

她不回答，接着画小狗、小猫、老鼠、乌龟……

除了都是四脚动物，我找不出有任何关联性。

"今天就到此为止吧！"我拍拍她的肩膀，"我对妳的表现感到满意。"

她露出一丝诡异的笑容，让人心里发毛。

我们在床上奋战，历经一个礼拜的能量积压，我要的更多；她也是，各种姿势来者不拒。

"要不要喝水？"她问。

大战方休，我气喘如牛，极需水分补充。

"嗯！"我答。

她从卧室的小冰箱取来两瓶水。

我抚摸着小喇叭造型的瓶身，问这是哪里来的水？

Nahr答它是日本的高级饮用水Mastermind。

"多少钱？"

"不知道，大概六、七百吧！"

六、七百迪拉姆相当于人民币一千多元，难怪瓶身的骷髅头用水钻镶嵌。

然而即使用的是水钻，依然改变不了它是个骷髅头的事实。骷髅头让我联想到死亡，死亡又让我想起神秘的力量及其符号（老教授说那股神秘力量自带符号）。

我忍不住告诉Nahr，今晚Kawthar画了一个奇怪的符号，倒挂的五芒星中间有个公羊头，问她知不知道是什么意思？

"噢！那是我丈夫身上的纹身……等等，那纹身纹在臀部，Kawthar如何知道？"

我不关心Kawthar如何知道，只关心图案代表什么意思？

Nahr答她也问过同样的问题，得到的答案是五芒星代表大地女神，公羊头则有生生不息的意味。

果然越保守的国家越关心传宗接代的事。

我接着问她的丈夫总共有几个孩子？

"不清楚，大概十几个吧！那三个女人轮流怀孕。"

"妳呢？"我压着她问。

"我不一样，和他只是应付了事，只有妳能让我全身心投入。"

因为这个回答，我亲吻她，一遍又一遍，从上到下，唤醒她的每一寸肌肤。啊！这性感柔嫩的躯体叫人如何拒绝？我轻咬着、吸吮着，直到两人都筋疲力尽为止。

"还想喝水吗？"她又问。

大战方休，我依旧气喘如牛。

"不了。"我答。

谁知有一只小手递过来一瓶水，我猛然坐起，忘了全身赤裸着。

Nahr慌忙用被子盖住我，自己则一丝不挂地下床，拉起Kawthar的手离开。

"奇怪！我明明锁门了，她是如何进来的？"我心想，大惑不解。

第三十七章/短假期

Kawthar撞见了我和Nahr的好事，我整天惶恐不安。

"别担心，"Nahr抚摸我的脸，"她不会说出去的。"

实话告诉你，本来我还希望能帮助Kawthar，让她早点儿开口说话，这会儿我反倒希望她的失语症永远也好不了。

这一天，我照例陪"小公主"唠嗑，都是我在说，她闷不吭声地画画。

"我感觉妳并不需要我陪，这样吧！以后妳一个人想干嘛就干嘛，我不吵妳了。"我说。

她放下画笔，直盯着我瞧。

"难道妳希望我陪？"我问。

她点点头。

切，我还以为自己自由了呢！

"妳画什么？"我将目光放在她的画纸上，"咦！才几天的工夫妳就进步神速，画的跟美术学院的学生不相上下。"

这不是溢美之辞，那孩子的确画得好，把骆驼的双重眼睑和浓密的长睫毛都画得惟妙惟肖。

"这是什么？"我指着骆驼身旁的一根根柱子，它们的顶端有的尖，有的圆。

她还是不说话，低下头给每根柱子下方都画上一艘船。

"错了，船在水上，不在沙地底下。"我纠正。

她依旧不理我，画完船接着在每个船身里面塞进一个人，有男也有女。

这也太奇怪了，哪里来的迷你船？小到只能容下一人……等等，莫非这是小河遗址里的船棺？桨形立柱代表男棺；卵圆形立柱代表女棺。

"Kawthar，妳画的是不是从电视节目上得来的印象？"

我想起CCTV的《探索·发现》频道。

她摇摇头，在立柱旁边画了一个站立着的老男人（为什么这么猜？因为那人额头有皱纹，平头，穿裤装）。

"这个男人是谁？"我问。

她指指自己。

疯了！不久前她画了一个被装在盒子里的男人，她也说那个人是自己。

我把她的纸笔抢过来，画了一个卷发小女孩。

"这才是妳，"我指着画中人，"懂吗？"

她睁着大眼睛，像看一个笨蛋似地看着我。

我受够了这一切，推门而出。

~

"怎么了？"Nahr亲吻我。

"Kawthar让我感到害怕。"

"我已经告诉过妳，她不会说出去，她已经答应了。"

我坐起，问她是怎么跟女儿解释的？

"我说……我和妳在床上游泳……干游……裸泳。"

这个回答让我吐了一缸子血。

"裸泳的事先摆一边，今天晚饭过后，Kawthar又画了奇怪的画，还说自己是个男的，有皱纹的男人。"

Nahr想了想，得出结论："也许她指的是爷爷，我公公死的时候，她哭得很伤心。"

我彻底抓狂，发了疯似地表示这个屋子让我窒息，我极需休假，马上！

"这样吧！我们去看羚羊，顺便在沙漠酒店住上几天，就妳和我。"

"妳女儿怎么办？谁接送她上下课？"

"有女佣和保镖代劳，何况我们周末前会赶回来。"

看起来安排得天衣无缝，我们当下便敲定明天一早出发。

我提醒Nahr告诉Kawthar她的旅行计划。

"我若告诉她，我们就走不了了，她肯定肚疼。"她说。

是吗？我不了解那个古怪的小女孩，也许她妈说得对，就该先斩后奏。

于是等Kawthar的前脚一走，我们的后脚也跟着出门。

车子一离开市区，我像只飞出牢笼的鸟儿，快乐无比；Nahr
也是，她说有翘课的快感。

"万一妳丈夫……"

"我就说忽然想看羚羊，让女保镖陪我去。"

这个女保镖身份很好地保护我们的私情，Nahr的老公做梦也
想不到是我偷走他的老婆。

"我们好像在犯罪，而且一犯再犯。"我有感而发。

"只要能和妳在一起，就算被乱石打死，我也无怨无悔。"

因为Nahr的一席话，我也豁出去了（是呀！在性欲面前，我
渺小的像一只蝼蚁）。

住在沙漠酒店的四天里，我们仿佛置身天堂，每天冲沙、骑
骆驼、猎鹰……同时随时随地准备与瞪羚邂逅（酒店位于羚
羊保护区），而最最重要的是我和Nahr终于可以在一个相对
隐秘的空间里调情、做爱，不用担心隔墙有耳，也不用害怕
半夜有人闯入，真正做到"旁若无人"的境界。

当假期即将结束，Nahr才告诉我Kawthar肚疼，而且疼了
三天。

"要不要紧？"

"不知道，我没问。"

这真是一件匪夷所思的事，母亲竟然不关心自己女儿的死活
。

Nahr答不是她不关心，而是Kawthar前科累累，好比去年她
和老公飞去牙买加度假，没有带上女儿，结果飞机一落地便
听说Kawthar病得很严重，两人即刻返航，到家后却发现女
儿什么事也没有，奇怪得不得了。

“妳老公怎么说？”我问。

“他说感觉Kawthar不是Kawthar，也许真正的女儿已经消失不见。”

第三十八章/中蛊

由于假期太过愉快，如今一下子拉开两人距离，我和Nahr都很不适应。几天过后，女主人把我调进屋内站岗。

"不要紧吗？小心人言可畏。"我说。

"放心，我若有麻烦，底下的人也不好过，他们总不希望自己的工作没了吧？"Nahr边玩我的头发边答。

"那妳女儿呢？妳不考虑她的想法？"

"考虑了呀！放学后和周末我都给她安排了很多活动和课程，够她忙的了。"

我也注意到Kawthar的身边多了一位妇人，跟进跟出的，说着一口泰式英语。

"保姆是妳请的？"我问。

"不是，我一提需要保姆照顾女儿起居，我丈夫就派人过来。"

"这是不是表示晚餐过后我不用再陪Kawthar？"

"今晚我们问问她的意见。"

结果晚餐桌上"小公主"以点头的方式表示需要我陪。

我很心烦，倒是Nahr挺欣慰的，她说没见过女儿这么粘一个人，可见打从心底认可我。

切，这个磨人精就是上天派来折磨我的，折磨的方式还不一般，是慢慢凌迟，拉长我的痛苦时间。

不信？你瞧！

"这是什么？"我指着画里两条交缠在一起的蛇问。

她把蛇涂抹去，重新再画，这回青色的蛇被白蛇吞进肚里去。

妈的，这画的可是白蛇传？

说时迟那时快，一只公羊紧接着出现，并且张开大口把白蛇（连同肚里的青蛇）吞进去。

"妳在讲故事吗？"我忍不住问。

她不理会我，写下一串数字：05122019。

05122019？这是什么意思？

果然那孩子又跟我玩神秘，把我仅存的一点点耐心都消耗完毕。

"今天就到此为止吧！"我拍拍她的肩膀，"我对妳的表现感到满意。"

她又露出一丝诡异的笑容。

～

我和Nahr躺在泳池旁的躺椅上，一口一个地吃菠萝莓，它是美洲的一种野生草莓，外形像草莓，但果肉是白的，尝起来有菠萝味，很是可口。

"Nahr，05122019让妳想到什么？"我问。

"05122019？是不是手机号？……不对，这里的手机号是七位数。"

"除了手机号，妳还联想到什么？"

"难道是保险箱密码？也不是，"她偏头想了想，"到底是什么呢？"

此时保姆走过来报告今日小主人的足球课被取消了。

Nahr回复知道了。

我忽然想起我的长耳朵柯基，它可好？

"我去看看我的狗。"我起身。

"待会儿再去，先把水果吃完，我一个人可吃不完。" Nahr说。

于是我又坐下。

我们还没把菠萝莓消灭殆尽，狗摇着尾巴过来，又跳又叫的。

"长耳朵柯基怎么来了？"我心想，然后四处查看，没看到佣人。

"这下好了，妳不用白跑一趟。" Nahr说。

"是的，"我把狗抱入怀中，"我不用白跑一趟。"

～

我和Nahr继续过着神仙眷侣般的美好生活，如同女主人所言，家里的工作人员对我们两人的亲密行为"视若无睹"，会"另眼相看"的也只有Kawthar而已。

这无疑是种鼓励，我遂不客气地把这里当成自己的家，并且在Nahr的默认许可下开始发号施令。那些原本和我是"同事"关系的人没反抗，与其说对女主人忠诚，倒不如说对钱忠诚，毕竟迪拜的外来打工人员很多，能够在大户人家工作成了美差一件，轻易不肯丢了饭碗。

这一天近中午，Nahr接了个电话后神色紧张。

"怎么了？"我问。

"待会儿我丈夫会回来，妳……"

"不是后天吗？"

"因为……"

"好了，不说了，我知道。"

我即刻起身离开。

~

再一次回到椰枣树下，我的心情已经不是"郁闷"二字能解，尤其看到过去几天对我毕恭毕敬的人投来鄙夷的眼神，那种从天堂落入人间的感觉很糟糕。

"也许他们正在心里取笑我。"我心想。

没多久，一辆豪车驶入。

当男主人行经我面前，我向他鞠了个躬。他停下脚步看了我一眼，我以为他认出我来了，正准备接招，结果他将眼光移开，继续踩着相同速度的步伐进屋。

从落地玻璃窗，我看到Nahr上前拥抱自己的丈夫，我有被打脸的难堪。

苏青青啊苏青青，Nahr从来就不属于妳，妳还是醒醒吧！

~

我没有请假就回家，不忘带上长耳朵柯基。

"我们还是回自己的窝舒服，对吧？！"

"汪汪！"

然后我开启居家模式，把扫地机器人唤出来工作，一个楼上，一个楼下，分工明确。接着打电话叫外卖，我一直想吃鸿运楼的香酥鸭和龙腾轩的口水鸡，这次无悬念，同时下单。

"待会给你吃鸡和鸭，好不好？"

"汪汪！"

吃完饭，我把音响打开，在贾斯汀•比伯的歌声中大玩王者荣耀。天哪！这才是人生。

"嘟……嘟嘟……"有电话进来。

"喂……Hello……Mrhbana……"

无人说话，于是我挂断。

不一会儿，手机又响。我接了，喊了半天，喊了个寂寞，于是我又挂断。

当第三次铃声响起，我查看一下屏幕显示，当看到"小河公主"时，我将游戏暂停，同时关了音响。

"喂……喂……妳怎么不说话？是不是不方便说话？"

等来的仍是死寂一片。

没办法，我只能再次挂断。

知道Nahr想念我，我的心又开始不平静。实话告诉你，才离开她几个小时，我已经开始想她了。

苏青青啊苏青青，妳这是中了蛊！

第三十九章/巧遇广末凉子

隔天，我又回到椰枣树下，看到Nahr在窗前向我挥手，之前的所有挫败通通一扫而光。

"只要她还爱着我，我愿意为她做牛做马。"我心想。

我还在自我陶醉，男主人领着孟加拉虎走了过来。才两个月的工夫，这两只幼崽已经膨胀了一倍，现在看起来和我家的狗一般大。

"汪汪……汪汪……汪汪……"

长耳朵柯基不知从哪儿蹦出来，对我又跳又叫，兴奋非常。

那个迪拜男人停下脚步看着我，恍然大悟，问我怎么来此工作？我答承蒙Mrs. Maktoum不嫌弃，给了我一个糊口的机会。

男主人表示希望我能保护好他的老婆，她像笼中的金丝雀，不知人间险恶。

"Of course."我颔首。

他坐车离开后，Nahr又站在玻璃窗前向我招手，这次我假装没看见。

"妳怎么了？"她向我走来，"叫妳老半天了。"

"我现在正在执行勤务。"

她噗嗤一笑，回答自己好害怕一板一眼的人呦！

"Mrs. Maktoum，也许妳丈夫过一会儿会回来，请掌握好妳的分寸。"

"原来妳担心这个，"她顿然醒悟，"他飞去瑞士开会了，要好几天才会回来。"

听到这个，我的矜持开始动摇。

"我在房间等妳。"说完，她转身离开。

～

我们亲吻、爱抚、舔舐……做一切情人间会做的放荡之事。

"洗澡吗？"Nahr问。

"嗯！"

结果我们在浴缸里打起水仗，让浴室汪洋一片。

当浴室门被打开时，我其实浑然不觉，是Nahr发现了异样。

"Kawthar，#¥&@……"说完，她跨出浴缸。

这下子Nahr可以向女儿解释我们正在裸泳了。

我将头埋进水里，再冒出来时，被保姆吓得不轻。

"I guess you will need a towel." 她把浴巾放在架子上，离开时不忘关门。

老天！这下子岂不是坐实我和女主人之间有不可告人之事？

我没有请假就离开，由于走得匆忙，忘了带上自己的狗。

“实在太丢人了，我肯定得躲几天，省得事情越闹越大。”
我心想。

为了执行计划，我开车北上沙迦，同时关上手机（害怕再接到Nahr的来电，破坏了我的计划）。

白天我睡大觉，肚饿就叫客房服务；到了夜里，我便跑到大街上溜达，因为适逢沙迦灯光节，整座城市五光十色，给当地居民及游客提供了难忘的3D声光体验。

今晚当我又流连街头时……

“Pachinko……Pachinko……柏青哥。”

我猛一转头，竟然看到"广末凉子"，这也太巧合了。

话说大四那年到北疆下田野，同行的还包括其他大学，其中就有这位来自B大的考古系学生，她给我取了Pachinko的绰号，因为我的名字里有个"青"字，让她联想到日本盛行的弹珠游戏机—柏青哥（日语发音便是Pachinko）。

礼尚往来，我也给她"广末凉子"的绰号，因为她长得古灵精怪，很有日本女演员广末凉子的味道。

“天哪！真的是妳，总算皇天不负苦心人。”她说。

“此话怎讲？”我问。

原来毕业后她在博物馆找到一份工作，好不容易攒下一笔钱，原本想在故乡买个小一居，听说我在迪拜后，房不买了，趁着年假飞到迪拜找我，可惜我住的社区不让进，正愁不知如何是好时，朋友游说她到沙迦看灯光秀，没想到在这里遇上我。

知道故友千里迢迢来找我，我大受感动，马上请"他们"吃宵夜（广末凉子身旁有个眼镜男，一看就是年年拿奖学金的好学生）。

“好呀！我想吃阿拉伯烤肉。”她说。

阿拉伯烤肉和我们熟悉的新疆烤肉串不太一样，前者多是切碎或绞碎的肉（很少一整块），有时连同蔬菜一起烤。

知道广末凉子想吃当地烤肉，我开车在市区转呀转，终于在伊斯兰文化博物馆附近找到一家。我们点了烤肉、沙拉、炒牛杂和奶茶，烤馕是送的，想吃多少都行。

席间，广末凉子精神奕奕，相比之下，她的朋友寡言多了。

"你们住哪里？"我问。

"我们带了帐篷来，两个。"她答。

"这里哪里可以露营？"

"哪儿都可以啊！只要带够水就Ok。妳想想，在静谧的星空下观看满天星斗是何等浪漫的事。"

此时男人直指现实："最主要是省了住宿费。"

"我也好想睡在星空下啊！"我喃喃道。

广末凉子说这有什么难的？吃完饭跟他们走就是。

我看着另外一个人，他没说话，我便当他默许了。

"好，我跟你们一起去！"我答。

第四十章/眼镜男的悲歌

我以为露营地俯拾皆是，但前方车辆硬是离开市区往东南方向开去，沿途一片死寂。我跟车在后，开始感到不安，想着该不该中途离开？毕竟我和故友已经三年多不见，三年的时间足以改变一个人……

还好没多久车子便离开大路弯进小路，不到八百米的距离，我看到了露营地。

把车停好后，广末凉子告诉我，她之所以临时更换地点是为了让我有一个永生难忘的体验。

"妳来过？"我问。

"没有，听网友推荐的。"

我的心喀噔了一下，这未免也太冒险了？

由于时间晚了，服务中心人员给了一张地图，让我们先随便找个空地睡下，缴费的事明天再说。

我问可有帐篷出租？那人答没有，还反问我来露营为何不带上帐篷？我无言以对。

"不要紧，妳可以跟我挤一块儿。"广末凉子说。

我以为有钱什么都好办，没料到来到前不着村后不着店的荒凉处，只能共用故友的东西。她倒不小气，连泡好的茶也大方跟我分享，妳一口我一口的。

"哇！这里的星星真多，数也数不完。"我仰望星空感叹。

这是真的，从小到大我就没看过这么多的星星，像银河似的。

"如果星星是钻石就好了。"广末凉子说。

"妳喜欢钻石？"我问。

"是女孩都喜欢钻石。"

我答我就不喜欢。

此时眼镜男问我是不是女的？我一时语塞，这该如何回答？

"当然是哥啰！"广末凉子四两拨千金，"否则怎么叫柏青哥呢？"

"这下我可不放心了。"眼镜男说。

"有什么不放心的？我和柏青哥又不是没睡过。"

她指的是睡大通铺，但这样的回答很容易让人产生误会，于是我马上解释自己是个女的，只是长得有点儿雌雄莫辨。

"那就好，"他松了一口气，"妳们聊，我先睡了。"

他钻进自己的帐篷没多久，我也喊累。

"那么我们一起睡吧！像从前一样。"广末凉子兴奋地说。

夜半，有一只不安分的手缓缓爬上我的小腹，我将它轻轻推开。

"妳不喜欢我？"她问。

"我累了，咱们都睡吧！"

没多久，我听到哭泣声，因为被刻意压抑，反倒"惊天动地"。

"怎么了？"我拍拍她的后背。

"别……别管……管我，是……是我……自作多情。"

我怎能不管她？她的哭声这么大，我怕她吵醒别人。

"过来！"我喊。

她踌躇了一会儿，还是钻进我怀里。

"别哭，我会心碎。"

我说过我在女人堆里就是个儿皇帝，一时兴起也会给口惠哄女孩子开心，但里面真实的成分很水，不能当真。

没想到我的随意一说打开她的话闸子，她告诉我北疆行之后，她不断地想我，越叫自己别飞蛾扑火，情况就越糟糕，终于有一天爆发了，她告诉自己如果再不向我告白，那就了结生命吧！反正生不如死……

"嘘！别说傻话，妳还有大半人生好过，千万别放弃生命。"

"那么请爱我，哪怕一点点也好。"

"我要如何爱妳？"

话一问完，她亲吻我，像我亲吻Nahr一样。

"够了吗？"我问。

"不够。"

接着她强占我身体，我像个木乃伊似的，半天没反应。

"妳不是？"她问。

"我是，但妳不是我的菜。"

"我知道了，"她离开我的身体，"妳嫌我丑。"

我解释不全然是。

"那么请爱我，哪怕假装也行。"她又抱住我，"这世界没有人能真正了解我，如果到死我都不知道性爱的滋味，那多可悲！"

她的感觉我懂，即使到现在，我家人依然接受不了我是拉拉，他们仍旧希望我嫁给男人，然后过上所谓"正常"的生活。

我叹了口气，问她是不是处？她给予肯定的答案。

"那么我轻一点儿。"我答，然后解开她的钮扣。

沙丘在晨光下看起来与平时截然不同，说不上为什么，也许阳光投射的角度不同吧？！

"Good morning." 当眼镜男从帐篷里爬出来，我向他道早安。

他的脸色不佳，似乎没睡好。

"她……还好吧？"他问。

这个"她"指的是广末凉子。

"很好。"

"听着，如果妳不是个女的，我起码还能揍妳一拳，现在我却像只丧家犬，连生气都找不到理由。"

显然眼镜男知道了一切。

"很抱歉，"我停顿了一下，"不会有下一次。"

"妳保证？"

"我保证。"

这是见面以来，他第一次展露笑脸。

"祝福你！"我拍拍他的肩膀，"我先走一步，也许中午之前能回到爱人身边。"

他笑得更加灿烂，以为自己掌控了一切。

第四十一章/裸泳

"妳上哪儿去了？"Nahr环抱我的腰，"手机不接，短信也不回。"

"我……我散心去了，沙迦的灯光秀很好看。"

"怎么不带我去？"她闻了闻我的身子，"这是什么味道？"

"不过是汗臭味，"我推开她，"我去洗个澡。"

我在浴室里待了很久，用了三种不同香味的沐浴露，头也洗了好几次，直到确认自己的身上不再有广末凉子的味道为止。

沐浴完毕，我伸手拿浴巾，发现上面有个皇冠Logo。

这不是我的，谁进来过？

这么一想，我吓坏了，赶紧跑向五斗柜。

还好在数十双袜子中，我很快找到黑底带红色线条的那一双，并且发现里面的玉勒子尚在，不禁松了一口气。

"扣、扣、"有人敲门。

我走过去开，忘了自己身上只裹着浴巾。

"Nahr，妳怎么来了？"我问，这是她第一次上我的房间。

"来看看妳。"她左看右瞧，"妳一个人？"

原来查岗来了，她的小心思在我看来很可爱。

"当然不是一个人，"我拥抱她，"还有妳呀！"

"讨厌！"她捶打我。

这一打，撩起我的欲望，我很快压她在底下。

"小野猫，看我怎么治妳！"说完，我把她的肩带拉下。

我帮她拉上裙子的拉链。

"这是什么？"她拿起小布袋，并且打开小绳。

我一把抢过小布袋，但太晚了，她已经看到玉勒子，并且当场昏了过去。

"Nahr，"我扶住她，"妳还好吧？"

我唤了她好几声，她才睁开眼。

"我……我怎么了？"

她没提玉勒子的事，我也装傻。

"妳可能贫血了，快到床上躺躺吧！"我说。

"不用了，我反正清醒过来，精神也还好。"

"扣、扣、"

突来的敲门声让我们都紧张起来。

"Who's there?"我隔着门问。

原来女佣在找Nahr，因为男主人回来了。

我把女佣打发走，和Nahr互望一眼，尽在不言中。

～

显然Nahr就是小河公主（老教授曾说过真正的小河公主看到玉勒子会有晕眩感）。

你若问我既然认定Nahr就是小河公主，为何还不快快执行任务？

实话告诉你，我是个挺自私的人，小河公主每三十年轮回一次，我想拖到最后一刻再执行"死刑"，尽量将相处的时间拉长……

～

这次男主人只待了半天就走，为了弥补，他答应三周后带Nahr去度假。

此时的我躺在泳池旁，Nahr正一口一个地喂我吃已经切成块的仙人掌果。

仙人掌对大众来说应该不陌生，但很少人知道它居然还结果，果实呈紫红色，尝起来酸甜多汁，听说有助养颜美容。

"妳丈夫待妳还是不错的。"我有感而发。

"妳去过塞班没？想不想跟我们一起去？"她顾左右而言他。

"我才不想看你们夫妻秀恩爱。"

"要不妳想怎样？难道杀了他？"

此时一句"Madam"吓了我们一大跳。

平静过后，Nahr问保姆有什么事？她答小主人的芭蕾舞鞋该换新的了。

191

"I know. You can leave." Nahr答。

人走后，我说这个保姆让我神经紧绷。

"是吗？"她咯咯咯地笑，"Smile一定很惊讶妳的评价。"

没想到保姆也被她归为Smile，只是这个笑让我联想起"笑里藏刀"。

我们在商场里买到芭蕾舞鞋，可是小公主依旧摆臭脸，即使Angelina的栗子蛋糕也没能改变什么。

"Kawthar，妳是不是有什么事不开心？"我问。

那孩子指着我。

"我？我怎么惹妳不开心？我们已经好几天没见面了。"

Nahr一脸惊讶地看着我。

"是真的，我昨天才从沙迦回来。"我解释。

"我不是指这个，而是妳们怎么使用普通话交流？"她问。

"难道学校不教这个？"

说完，我转看Kawthar，她一副"不干我事"的模样。

"也许我该打电话问问。"Nahr喃喃道。

学校和保姆都表示没有这个课程，这让我想起一件事。

"Nahr，上礼拜妳丈夫第一天回家，当晚妳是否打电话给我？"

"为什么要打给妳？"

"因为……因为我跑回家了。"

"妳跑回家了？为什么？"

原来那晚打给我的不是Nahr。

根据"问话不回答"的这个特点，我猜想是Kawthar搞的鬼，这下子让我神经紧绷的不止保姆一个人了。

没多久，当那孩子又闹肚疼时，我反倒觉得正常。

"我们还是回去吧！待会儿还得裸泳呢！"我故意说。

第四十二章/多哈

也许我不该在孩子面前讲这么露骨的话，但不说，怎么解开我心中的迷团？

我悄悄走进主卧室，选好一个绝佳的位置摆上摄像头。

当我和Nahr又在床上裸泳时，那孩子出现了，她的母亲很惊慌，我却心中窃喜。

"这下子就要水落石出了。"我心想。

我回到自己的房间，关好门，把录相倒带。从屏幕中，我看到门把被转开（多么神奇呀！明明上了锁，莫非那孩子有万能钥匙？）。

如果我只看到这里，整件事还不致于太惊悚，问题是我接着看，当看到一只成年人的手把开着的门又关上时，我吓得心脏都快跳出来。

原来Kawthar只是个傀儡，那么背后的扯线人是谁？是女佣、保姆、男保镖......还是这栋房子的男主人？

我细思恐极。

我整天疑神疑鬼，到了草木皆兵的程度。

"妳怎么了？"Nahr亲吻我，"最近很应付了事，再这样下去，小心我不要妳了。"

"也许妳可以再找个情人。噢！不用麻烦，屋外就有两个男保镖，妳要我去唤他们进来吗？"

"啪！"我的左脸颊挨了一巴掌。

"妳怎能这么说话？我的心妳还不明白吗？"

看Nahr泪眼婆娑，我骤然心软。

"对不起，我太紧张了，"我拥她入怀，"这屋子好像被下了咀咒，我每天都心神不宁。"

"也许出外走走会好一些，妳想去哪里？我陪妳。"

我有一艘法国制造的风帆游艇，被我命名"月亮号"（借以纪念小月姨）。隔天，我驾船沿着波斯湾航向西北的卡塔尔，雇用的水手依然是希腊裔的Sexta。

"五个多月前，我曾为了阻止自己见妳，刻意出海，没想到船开出去不到三个小时便狂风大作兼暴雨如注，不得不返航，错过一探卡塔尔的机会。"我边掌舵边说。

这艘船是风帆与游艇二合一，不想升帆或换帆时可以发动引擎，便捷是便捷，但少了乐趣。

"妳为什么要阻止自己见我？"她问。

"因为......因为我怕我会爱上妳。"

"妳知道妳会爱上我？"

这个问题不是回答不了，而是我怕说出来会吓到她（一旦爱上她，代表任务很难完成，谁会舍得对心爱的人下手？）。

于是我顾左右而言他。

"当跑车销售提起有个蓝眼珠的迪拜公主会来提车时，我隐隐觉得有事即将发生，刻意回避，但后来还是去了，那天妳穿着一袭黑袍。"

"原来是妳，那天在展厅里，我总感觉背后有一双眼睛看着我。"

"没错，是我，我隔着玻璃落地窗看着妳的背影。"

说完，我们含情脉脉地看着彼此。

我们在卡塔尔的首都多哈上岸，它原来是一个以打捞鱼虾为主的小城镇，随着石油工业的发展，一跃成为繁荣的现代化城市。

"准备好了吗？"我问Nahr。

"好了好了，妳看我的这身打扮还行吗？"

不过喝一杯咖啡的时间里，我的女人便已光鲜亮丽。

"嗯！很漂亮。"我赞美。

Nahr穿上了一件改良式黑袍，袖口和头巾都有金线刺绣，她还围上了面纱，彻底成为我的阿拉伯公主。

第一站去的是伊斯兰艺术博物馆（弥补上回我错过的），它位于人工岛上，是迄今为止最全面的伊斯兰艺术类主题博物馆。

贝聿铭曾说这是他设计的最后一个大型文化建筑，目标是捕捉住伊斯兰建筑的精髓。

事实上他做到了，在这里，你可以看到白色石灰石呈几何式叠加，也可看到中庭的银色穹顶下有不同的空间组合。还有还有，通过150英尺高的玻璃幕墙，你能望见外面的碧海金沙。

"真是壮观啊！"我忍不住赞叹。

没想到Nahr嗤之以鼻，她认为阿布扎比的古根海姆博物馆更胜一筹。

"呵呵！忘了妳是公主，当然只能说自家的东西好。"

"不是公主，我母亲只是个情妇，从来没被官方承认过。"

"显然妳丈夫并不在意这一点。"

"我丈夫只跟王室沾了点边，算远亲，所以没那么多包袱。话说回来，我们两人的血缘关系不那么近，不明白为什么会生下一个古怪的孩子。"

讲到Kawthar，我无语了，她像一枚不定时炸弹，害我日日提心吊胆。

"我饿了，找家餐厅吃饭吧！"我转移话题。

"我知道有一家店卖特色烤鱼及蘸汤大虾，挺好的，我带妳去！"她说。

第四十三章/不告而别

这家餐厅使用的是一种叫"哈穆拉"的鱼，肉质鲜嫩，以松枝烤熟，具有特殊的香气；蘸汤大虾则是将大虾油煎后，蘸上用羊肉末制的佐料食用，非常的鲜美爽口。

吃饱喝足后，我们回酒店休息，养好精神才能迎接接下来的行程。

～

隔天吃完酒店提供的早餐，我们来到瓦其夫老市场。它最初是游牧民族和当地人交易的露天集市，已有上百年的历史，建筑多用石头砌成。瞧！刷白的泥墙、外露的木梁、纵横交错的巷道，独轮送货的小车……让人仿佛回到一千零一夜的年代。

我们流连在宛如迷宫的街道上，两边的店铺和露天摊位正销售着香料、传统服饰、手工艺品……等，琳琅满目。

"看！水烟，我好久没抽了。"Nahr喊。

经过她的介绍，我才知道阿拉伯水烟最初起源于印度，十六世纪开始在中东地区流行，原理是用木炭燃烧烟草，产生的烟雾会通过一个装满水的器皿才到达烟民的嘴里。

与传统的香烟一比，除了构造不同，烟丝的口味也丰富许多。喏！水果口味的有苹果、椰子、蓝莓、柠檬……等；草本口味的有玫瑰、香桂、香草、茴香、豆蔻……等；混合口味的有咖啡、鸡尾酒、可乐、卡布其诺……等。

"抽烟有害健康。"我老气横秋地说。

"可是我想抽，妳也试试，一次就好。"

为了不拂她的意（可见我有多宠她），我们找了个咖啡馆坐下，要了咖啡和水烟。

阿拉伯水烟壶可分单人、双人、四人使用，服务员给我们双人壶。

你若问我抽水烟的感觉，它其实没什么烟味，大概尼古丁被水给吸收了，抽起来还挺舒服的，满嘴清香。

正因为它没那么不堪，所以逛老市场时，我同意买个水烟壶回酒店，从此一发不可收拾。

通常的情况是做爱前抽，做爱后也抽，渐渐的，无聊的时候抽，不无聊的时候也抽，以致两个礼拜过去后，我对卡塔尔印象最深的竟然是抽水烟。

当风帆再度扬起，我踌躇再三，最后还是把水烟壶扔进大海里。

"为什么？"Nahr一脸惊讶地问。

"我不想当烟瘾者，这玩意儿能把人的时间全搭进去，我还有更重要的事要做。"

"什么重要的事？"

重要的事便是找出神秘的力量，在它摧毁我之前，早一步摧毁它，但我不能这么答。

"重要的事便是让Kawthar回归正常，并且开口说话。"

"谢谢！"Nahr亲吻我，"我爱妳更甚。"

此时上升中的纵帆竟然掉了下来。

"What's up?"我喊。

水手Sexta答没事，他能应付。

我把舵交给Nahr，自己跳上甲板帮忙。

回到Maktoum家后没两天，Nahr跟着丈夫去度假，出发前Kawthar喊肚疼，没跟着一起去。

"爸爸和妈妈度假去了，妳难过吗？"我问那孩子。

她摇摇头，然后指向我。

"我还好，不怎么难过。"

她随即在纸上画了一个长鼻子的木偶，显然她暗喻我说谎。

"不，我不是匹诺曹。"我把她的纸笔抢过来，在木偶身上画了很多线，"回答我，操纵扯线木偶的傀儡师是谁？"

Kawthar果然又玩我，画山、画海、画外星人、画鱼缸里的鱼……就是不肯告诉我那个指使者。

"妳玩我很开心，是吧？"我问。

她接着画了一只鸟，还写上一行字：**You are a bird brain.**

中国人认为猪或鹅笨，所以骂人会骂笨猪或呆头鹅，但西方人认为鸟笨，如果有人说你是鸟脑，意思是骂你笨。

"妳竟敢说我笨？"我抓住她画画的那只手，"妳这个不受教的野孩子！"

我发誓我没有弄哭她的意思，但她却哭得惊天动地、鬼哭狼嚎，吓得我赶紧松手。

保姆进来时，我一脸狼狈。

" Did you hurt her?" 她质问。

我解释我可能说话大声了点儿，但没有伤害小主人的意思。

" Come here, dear." 保姆对Kawthar说。

没料到那个被我弄哭的孩子反倒粘着我。

" I'll call your dad." 说完，保姆走了。

这下糟了，经保姆这么一告状，男主人不杀了我才怪！

我唉声叹气地回到自己的房间。

想到男主人可能已经知道我虐待他的宝贝女儿，再想到Nahr今晚肯定跟自己的老公干那事，我顿时生无可恋。

当晚，我又不告而别。

第四十四章/打退堂鼓

我把音响打开，在贾斯汀·比伯的歌声中大玩阴阳师。天哪！这才是人生。

"嘟……嘟嘟……"有电话进来。

"喂……Hello……Mrhbana……"

无人说话，于是我挂断。

不一会儿，手机又响。我接了，喊了半天，喊了个寂寞，于是我又挂断。

当第三次铃声响起，我查看一下屏幕显示，当看到+86……时，我愣住了，这不是中国的国际电话区号？难道是父母打来的？

我索性将游戏暂停，同时关了音响。

"喂！"

"苏同学，现在赶紧回Maktoum家。"一个苍老的声音传来。

苏同学？好久没听人这么喊我。

"您是哪位？"我问。

对方随即挂断，好个没礼貌的家伙！

我把音响重新打开，继续玩游戏，但那苍老的声音挥之不去，会叫我"苏同学"的人不多，是哪个男老师至今还保留我的手机号？不对，我用的是迪拜的手机号，这么说是近两年认识的人……

直到上床，我还是想不起来对方是谁。

"哎呀！打过去不就知道了？"我猛敲脑袋。

结果无人接听。

我再度查看对方号码，当看到+86 432……时，我愣住了，这不是吉林的电话区号？我不禁想起大四那年的答辩……

"苏同学，妳今天的答辩准备得相当充分，让我印象深刻，最后我额外问一句，妳为什么会选择这个论文题目？"

问我话的是系里的老教授，可是他明明已经死了，死掉的人还会给我打电话吗？

想至此，我这个"苏大胆"也不淡定了，连夜赶回Maktoum家，至少那里有人气，屋外还站着两个高头大马的男保镖。

～

经过一夜的辗转反侧，总结的结果是有人开我玩笑，谁呢？最有可能的便是我的大学同学。我猜这位仁兄听"广末凉子"提起我的现况，决定送我一个"惊喜"，我却因此吓破胆，真是滑天下之大稽！

我从床上跳起洗了个战斗澡，然后精神抖擞地陪小公主上学去。

是这样的，男主人的身边有一支保镖队，这次度假又是蜜月性质，女主人应该不会单独行动，所以我被留下来保护小公主，让原来的男保镖轮流放年假。

203

哎！什么时候也轮到我放年假？

～

保姆把Kawthar送进学校后走出来，问：" Do you want to eat breakfast?"

我答不吃也行。

她说附近有一家传统的迪拜早餐店，去试试如何？

我猜想她已经吃过早餐，这是变相想和我聊聊。

" Ok." 我答。

迪拜的早餐有一个固定的形式，那就是不管吃什么都会有三种酱汁（咖喱酱、辣酱、奶味酱）和一种配菜（通常是辣萝卜干），这家也不例外。

我点了洋葱糊塌子，就是混合面粉、洋葱和调料所煎成的饼。

" Why don't you eat?" 我边吃边问。

她答不饿。

老实说，这饼不难吃，就是吃多了口渴。

"渴死我了。"我喃喃道，正想招手叫服务员，保姆的动作比我还快。

这让我想起一件事，某天我和Nahr在泳池旁聊天，我提到想去看看长耳朵柯基，当时保姆在场，没多久，狗自己跑过来了。

莫非这个保姆听得懂普通话？我决定测试一下。

" 喂……嗯……几点？……下午可以，我过去拿。" 我假装接了个电话。

挂上后，我继续吃早餐，还把杰拉卜（Jellab）一口气喝光，它是迪拜特有的冷饮，由葡萄糖浆和玫瑰水调制而成，上面覆盖了松仁和葡萄干。

" Kawthar leaves school at 4:30 in the afternoon， because she has a chess lesson today." 保姆说。

我问她是否听得懂普通话？她答不懂，之所以告诉我是因为那孩子的每天作息时间不固定。

"I got it. How do you know Mr. Maktoum?"

听我提起男主人，那保姆有些慌张，她说是家政公司安排的，之前并不认识这家人。

事情到这里，我还没发现太大的漏洞，但接下来的谈话就蹊跷了，她强调这个国家很保守，对出轨一事向来不宽容，外国人还是照顾好自己，别害人害己……

我问她是不是意有所指？她答最近听朋友提到有人出轨人妻，最后两人都被私刑，死状很惨，所以有感而发。

天哪！我光顾着看法律条文，忘了还有"私刑"，现在离"被乱石打死"好像不那么遥不可及。

"谢谢妳告诉我这些。"我故意用普通话说。

"不客气。"她答。

～

保姆以她的独特方式告诫我就此打住，我也开始思考全面撤退（我没忘了老教授的遗愿，但万一他是胡诌的怎么办？他倒好，已经一死百了，我和Nahr却有可能以一种耻辱的方式失去生命，两个被爱冲昏头的人总得有一人是清醒的才行）。

此时Nahr不在家，时间点再合适不过。

"扣、扣、"我正打包行李，有人敲我房门，我走了过去。

“Kawthar，妳怎么还不睡？”我站在门口问。

她迳自走了进来，手指着我的行李。

“斋月就要到了，我恐怕无法忍受不吃不喝，加上想念家人，我决定回中国一趟。”我答。

按照伊斯兰教的教义，斋月是伟大、喜庆、吉祥和尊贵的月份。在斋月里，从日出至日落，除了患病者、旅行者、乳婴、孕妇、哺乳妇、产妇、正在行经的妇女以及作战的士兵外，所有的穆斯林都必须严格把斋，不吃不喝、不吸烟、不行房事，直到太阳下山为止。

那孩子又指向墙上挂着的月历。

“放心，斋月一结束我就回来。”

Kawthar点点头，露出久违的笑容，我这才发现她的门牙掉了两颗。

第四十五章/养女防老

有钱果然可以任性。

到了机场我才买机票，价钱翻了三倍不止。放心，我没忘了我的长耳朵柯基，只是狗上飞机比较麻烦，不能说走就走，还好保姆答应帮我。

"谢谢！"我说。

"不用客气。对了，请带好随身物品，别落下东西才好。"

依据我的猜测，保姆应该是潮汕一带的泰国华裔。

"知道了。"我答。

由于小月姨在国内的房产都已经出租出去，我的计划是在上海住上一段时间，等有房子空出来时再搬进去住，压根儿就没想过回老家。

然而人算不如天算，眼看就要搬进汤臣一品时，我在路上遇到了儿时玩伴。

"妳......妳是苏青青？"一个体重过两百的年轻女子叫住我。

"妳是……"

"我是鸭头，妳忘了？"

鸭头？我上下打量她，老天！她怎么像吹了气的皮球似的？现在不能叫鸭头了，叫猪头还差不多。

"没忘没忘，妳来上海玩？"

"不是，"她睨了我一眼，"我嫁到上海来，老公对我很好，家务都是他做。"

"恭喜恭喜，那么改天找机会喝个咖啡。"

"干嘛改天？喏！那里有家星巴克，我们这就过去！"

在喝一杯咖啡的时间里，我知道了每个发小的近况，有人成了日进斗金的大老板，但更多的是成为社会的小螺丝钉。

"妳呢？妳什么情况？"她问。

"我？妳也知道大学毕业后我从事丧葬业，后来帮人打理房地产，再后来移居迪拜。两个月前我才回国，发现国内不一样了，到处蓬勃发展。"

"这么说妳没回家？"

这个家指的是那个三线小城市。

"……嗯！"

"所以妳不知道妳妹交了个黑人男友，把妳爸气得入院的事？"

"我……我……知道。"

"知道就好，如果我也找了个黑的，我父母肯定也会气得脑出血……"

接下来的谈话我已经心不在焉，有一搭没一搭地应付着。

"好了，我得接孩子去了。"她起身。

"妳有孩子了？"

"嗯！上小一了，皮得很！"

儿时玩伴都当妈了，我的感情之路却还坎坷曲折，真是不胜唏嘘！

"拜了，"我挥手，"替我向妳的完美老公问好。"

我磨磨蹭蹭，最后还是带着狗走上归乡之路。

父亲住的是普通病房，我进去的时候，他没认出我来。

"爸！"我喊。

他盯着我好一会儿，才问："妳妈呢？"

"不知道，我去找。"

"不用了，"他指着一把破旧的椅子，"坐。"

我坐了下来。

"是暖暖要妳来的？"

"……嗯！"

"告诉她，如果还和老黑在一起，我就登报与她脱离关系。"

这一招他也曾用在我身上，可是当火烧屁股时，找的人还是我。

"如果不当真就别说气话了，何况黑人也不全是坏的，奥巴马不也当上美国总统？"

"如果她的男友是美国总统，我也认了，问题他不是。"

我接着问暖暖的男友究竟是何方神圣？

"他只是个大学生，还得半工半读。"我妈不知从哪里冒出来，很自然地接下棒子。

我说这事还没个准，他们就紧张兮兮。首先，暖暖只是交男友，又不是嫁给他；其次，巴菲特的儿子读大学时也是半工半读，这在美国挺正常的。

"巴菲特是谁？"我爸问。

"他……他是个很有钱的人。"

"有钱另当一回事。"我爸想了想，"妳现在就打给她，问她的男朋友是不是有个有钱老爸。"

我答现在是美国的凌晨，暖暖估计还在睡大觉。

"那么妳待会儿打，别忘了。"

话甫歇，有个护士过来说要给父亲做脑脊液和血常规检查，然后把床连同病人一起给推出去。

"这一检查，起码得个把钟头。"我妈说。

"那么我们出去走走？"

"也好。"

母亲说房子没了，他们现在租房住，当外面下大雨时，屋內会下小雨。

"怎么没了？欠款我不是帮着付清了吗？"我问。

"妳爸后来开车撞了人，这一赔得赔几十万，我们哪有？只能把房卖了。"

"现在钱够花吗？"

"只差上街乞讨。"

我知道母亲正等我表态，但说再多也不如人民币来得实际。

"待会儿我先汇两万过来，另外再找个下雨天不漏雨的房给妳……和爸。"

“哎！”母亲不无感慨，“养儿不如养女，还是女儿中用！”

“哎！”母亲不无感慨，“养儿不如养女，还是女儿中用！”

第四十六章/走为上策

我问暖暖现在什么情况？她答再差一年就能毕业。

"谁问妳这个？我问的是那个人对妳可好？"

"还行，不然早分了。"

"妳就不能找个白人？如果是白的，爸妈大概也不会反对。"

"妳怎么不找个男的？这是同样的道理。"

她说的对，我顿时哑口无言。

"钱够用吗？"我另起炉灶。

"够。我在学校图书馆打工，他在送外卖，我们住在Harlem区。去年哥伦比亚大学的一个中国留学生就在这里被抢，追歹徒的时候给车撞了。"

我吞了好几口口水，忽然想起父亲的嘱咐，问她的男友是不是咬着金汤匙出生？

"妳也帮帮忙，我自已都没金汤匙可咬，还有资格要求别人？"

虽然现实很残酷，但我以为会有童话。

"那好吧！就这样，妳好好照顾自己，家里的事不用妳操心。"

"姐，"她停顿了一下，"对不起，以前曾对妳说了过分的话。"

"算了，都是一家人，哪有什么隔夜仇？妳若需要帮忙，开口就是。"

我以为暖暖会借机求助，但她没有，好样的！

挂上电话，我对长耳朵柯基说："待会儿我去看房，如果合适就买下，你说好不好？"

"汪汪！"它摇着尾巴吠了两声。

父亲两周后出院，当看到新房子时，流下感动的泪水。

"还是女儿好，我现在不求儿子了。"

我心想这未免也太晚了？我都成这个样，一点儿女人味也没有。

"你们住楼下，我住楼上，没事别互相打扰哈！"我挑明了说。

母亲很不放心地问屋子里的那个女人是干嘛的？

"帮忙做家务的，"我压低声音，"还特意挑了个不美的。"

"哎！妳父亲一时半会儿也力不从心，不过防着点儿还是好的。"

就这样，我们苏家又过上了岁月静好的日子。

实话告诉你，每当夜深人静时，我还是会想起我的小河公主（或者你可以称她Nahr）。我想念她的眼，想念她的眉，想念她的一颦一笑，也想念她身上独特的味道……

虽然我对她深情依旧，但我不能害了人家，不是吗？

这一天，我照例打开电子邮箱，看到有个陌生人给我发来邮件。通常的情况下，我会直接删除，但今日不一样，当看到05122019@qq.com时，我惊呆了。

我之所以受惊吓是因为05122019这组数字，不久前，Kawthar也写下相同的数字。

考虑再三，我还是打开邮件。

苏同学：

我对妳感到无比失望，马上回来。

"苏同学"这三个字好像孙悟空头上的紧箍儿，它让我头痛欲裂，也让我百思不解。 05122019是Kawthar写下的，但她不可能叫我"苏同学"，而会叫我苏同学的，不会正巧以那组号码当电邮地址，不是吗？

"嘟……嘟嘟……"手机铃声响起。

我查看一下屏幕显示，当看到+971……时，我愣住了，这不是迪拜的国际电话区号吗？

"……喂！"

"苏同学，现在赶紧回Maktoum家。"一个苍老的声音传来。

"你到底是谁？如果不说，我不回去。"

"You are a bird brain."

"喂……喂喂……"

电话挂断了，我陷入沉思。

再度被骂鸟脑（笨蛋），我的迷惑胜过愤怒。这个老人连骂人的话也跟Kawthar同出一辙，他们两人到底是什么关系？

一整天我茶饭不思，陷入空前的不安之中，但即使绞尽脑汁也找不到其中的关联性。当夜晚来临，我躺在床上辗转反侧，果不其然，我失眠了。

母亲知道我今天下午走，很是诧异，因为之前一点儿征兆也没有。

"是不是我们老俩口让妳看了心烦？"她问。

"没有的事，我忽然想起迪拜有重要的事待办，妳别胡思乱想。"

"狗怎么办？"

对呀！狗怎么办？

我想了想，还是让长耳朵柯基留下吧！省得来回奔波。如果他们照顾不了，大不了我再找人上门服务。

母亲紧接着问我什么时候回来？我答不知道。

"这可怎么办？"她紧锁眉头，"能不能晚点儿走？"

"为什么？"

"因为……因为有个很好的男孩子想认识妳，他……他像女孩子一样温柔。"

我的老天！这是乱点鸳鸯谱。

"请转告他，大街上任何一位小姑娘都比我强，他闭着眼睛挑就行，拜了。"

"妳上哪儿？"

"突然觉得还是先走为妙，依据过往经验，我再不走就走不了了。"我答。

"突然觉得还是先走为妙，依据过往经验，我再不走就走不了了。"我答。

第四十七章/空中餐厅

你若问我这会儿怎么又不怕被私刑了？其实我也怕，而且怕得不得了，因为这不光是我一个人的事，Nahr也会被拖下水，但那些可怕的骚扰同样困扰着我，我若不回去把事情给解决了（同时送Nahr走上黄泉路），这辈子心中永远有个解不开的结。

两害相权，我只能选择比较轻的那一个。

回到Maktoum家，Nahr一脸怨恨，像被背叛了似。

"我……我忽然想起有重要的事待办，所以回家一趟，妳别胡思乱想。"

"狗呢？"

"它……它想念中国，我怕它得抑郁症，所以留它在那里。"

Nahr立即将我扑倒，说："我知道妳在说谎，但我会原谅妳。"

再次闻到她的体香，撩起了我那压抑已久的欲望，我反身将她压在底下，用行动表达我的思念。

~

保姆看到我像看到老赖，恨不得把我杀了喂狗吃，倒是 Kawthar 很泰然，像修行多年的老僧。

"Hi，我又回来了。"我对她俩说。

那个泰国女子带着怒气转身离开，一句话也无。

Kawthar拉拉我的衣袖。

"干嘛？"我问。

她也什么话都没说，转身离开。

这真是一件非常奇怪的事，虽然那两人有同样的反应，但前者摆明了"少惹我"，后者却是"跟我来"。

于是我跟着Kawthar来到游戏室。

"什么时候这里装了一台电视机？打游戏用的吗？"我问。

她随即拿起遥控器，按了几下后，电视屏幕出现了画面，还是 CCTV 频道。

莫非这就是她学习中文的方式（看电视学中文）？

然而接下来我便冷汗直流，因为电视播放的正是小河公主开棺的瞬间，我心中的疑问加深了。

"妳为什么让我看这个？"我问。

她做了个噤声的动作。

我重新回到节目上，过了十几分钟后，我看到一个熟悉的人对着镜头侃侃而谈。他的头发没那么白，皱纹也没那么多，身材稍微胖了点儿，但我依然认出他来。

"Kawthar，妳认识老教授？"我又问。

她点点头。

"妳怎么会认识他？他死了三年了，"我想了想，"难道妳四、五岁时就见过他？"

她点点头又摇摇头。

"这是什么意思？到底是还是不是？"

Kawthar又是一副"一问三不知"的表情。

"今天就到此为止吧！"我拍拍她的肩膀，"妳的表现……差强人意。"

她露出一丝诡异的笑容。

Nahr说想出去喝下午茶，我问她想上The Cheesecake Factory还是Paul Bakery?

她指着青天说："我想到天上喝？"

到天上喝？这是什么玩意儿？

经过Nahr的解释，我才知道她指的是Dinner in the Sky（简称"空中餐厅"）。

这个概念最早源自比利时，现在已被引进迪拜，模式是用一架大型起重机将一个特制的餐厅拉至约五十米的高度，让客人在四周完全没有任何遮挡的情况下用餐。

"这个对恐高的人来说恐怕不合适。"我说。

"妳恐高吗？"她问。

我的绰号是"苏大胆"，连老师都敢打的人怎么可能会为了这点儿小事害怕？

"当然不。"

"那么我们去？"

"好。"

~

"空中餐厅"显然是个绝佳的用餐体验，在"上天"之前，工作人员会给我们讲解一些注意事项和安全知识，接着把一个个食客绑在椅子上，那种感觉好像坐云霄飞车之前的准备。等一切就绪后，餐厅开始慢慢上天，视野逐渐开阔起来，风和温度也有了变化，值得一提的是整个过程非常平稳，完全不会左摇右晃，安全系数很高。

当餐厅悬停在约50米的高度后，我能看到开阔的迪拜港湾、白色游艇、摩天大楼……也能清晰地看到无数伞人在空中滑翔的样子，确实是一种不可多得的体验。

话说我们是来喝下午茶的，那么餐点如何？实话说，虽然吃的无非是三明治和糕点，但我有被惊艳到（尤其原本并没有期待它会很可口）。

整个就餐过程大概持续50分钟左右，当空中餐厅开始缓缓降下，代表这绝妙的体验即将结束，留下的则是难以磨灭的记忆。

第四十八章/软禁

神仙般的日子才过了没几天，保姆就告诉我男主人找我讲话，我才蓦然惊醒，该不会东窗事发了吧？

这个迪拜男人约我在酒店房间见面，不明就里的人可能会想入非非，但我不一样，在我看来就是男人与男人间的对话。

"Do you want coffee or tea?" 他问。

我不想喝茶，但传统的阿拉伯咖啡喝起来很苦涩，尤其还加入奇怪的香料，我挺不喜欢的，但此刻的我又极需提神的饮料。

"May I have a cappuccino?" 我问。

卡布奇诺咖啡端上来后，我一口气喝光，男主人问我要不要再来一杯？我答不需要。

彼此沉默一会儿后，他告诉我，他深爱Nahr，给了她力所能及的，譬如前几年他们到巴黎游玩，Nahr看上了一组家具，他二话不说便把整个卖场的所有家具全买下……

现在我知道为什么Maktoum家的家具每隔一段时间会换新，该不会有个大仓库储藏这批家具吧？

我告诉他，老公爱老婆乃天经地义之事，针对这点，我不曾怀疑。

"The problem is she loves you now，not me." 他说。

我的心喀噔了一下，问他如何知道？

"I've a spy watching you and Nahr." 他答。

果然我和Nahr早被线人监视着。

我又问他何时知道此事？他答从我和他太太去看羚羊开始，他便察觉有事不对劲。

哇！这个老外还真能忍。

"Well，do you want to kill me?"

他答杀了我倒不至于，但把我软禁起来却是可行的。他给我两个选择，一是被软禁在此，二是拿钱走人，从此不再出现。

正常人会选择后一项，但我却选择前一项，同时附带要求软禁前让我和Nahr见上一面……

他听完哈哈大笑，问我是否疯了？还威胁我公羊头不好惹，别自找麻烦。

公羊头？

我想起Kawthar曾画了一个奇怪的符号，倒挂的五芒星中间有个公羊头。Nahr后来解释那是她丈夫身上的纹身图案。当时我还问她这个符号代表什么意思？得到的答案是五芒星代表大地女神，公羊头则有生生不息的意味（可是男主人提起的公羊头明明不像善类）。

既然男主人否定了我的方案，我只能退而求其次，选择拿钱走人。

"Good. My bodyguard will escort you to the plane."

说完，他叫来一位壮汉。

我表明没见到钱，自己是不会离开的。

他马上要来我的银行账号，不到十分钟的时间，我收到两百万美元的汇款。

情急之下，我只好借口有重要的东西遗留在Maktoum家，需要亲自回去拿……

男主人和壮汉耳语一番后，由壮汉护送我回去拿东西。

我以为会看到Nahr，可惜迎来的是一屋子的冷清。

"她去哪里了？也许我还来得及打电话通知她。"我心想，然后毫不犹豫地把壮汉关在房外。

几声铃声后，我听到天使的声音。

"妳在哪里？"我问。

"在迪拜商场里，香奈儿的导购通知我今天有新货到。"

"听着，我得离开迪拜一阵子，妳如果想我，请到三亚海棠湾的别墅找我，待会儿我发地址给妳。"

三亚海棠湾的别墅我很熟悉，自己曾和小月姨在那里共度假期，此时处于非常时期，我选择到那里待上一段时间。

"为什么这么突然？"她问。

"因为……"

我听到碰碰碰的敲门声，好个没礼貌的家伙！

"以后再解释，我挂了。"

挂上电话，我立马发了地址过去，她回复收到，于是我开始动手打包。衣服鞋包等不重要，最重要的是那个小布袋，我把它重新塞回袜子里，连同其他杂物一起进了Goyard 行李箱内。

等我走出来，看到的是一男一女，男的是等着押我上飞机的壮汉，女的则是保姆。

"谢谢妳的通风报信。"我对那名间谍说。

她昂首无愧地答："我做的事是正当的，并且多次助妳走向正途；妳做的却是不道德的，也只有公羊头才会做出那样的事。"

再次听到"公羊头"三个字，我的神经马上紧绷起来。

我问公羊头代表什么？她答公羊头是五角神之一，代表邪恶。

竟然是邪恶？我还以为代表繁衍子嗣呢！

"那么倒挂的五芒星又是什么意思？"我不耻下问。

"五芒星是大地女神的象征，把五芒星倒过来便是将人的精神向下，即入地狱。简言之，那是恶魔的符号。"

老教授说有股神秘的力量（自带符号）跟随着小河公主轮回，显然Nahr的老公身上带着恶魔的符号，莫非是他？

"好了，这下子我回中国去，妳也不用再当传声筒了。"我对保姆说。

第四十九章/牟文玺

我在电话中通知母亲把长耳朵柯基空运到三亚来。

"别以为我不知道妳在搞什么鬼。"她说。

"妳知道个啥？度假犯法了？"

母亲嘀咕几句后，要走了我的地址。

这次来三亚，住的别墅正是从前那一栋，既宽敞又舒适。我还雇了个阿姨打扫卫生和做饭，把日子过得像诗一样美丽。

由于离海近，清晨即起的我，每天沿着海滩跑步去，直到汗流浃背才回屋洗澡。洗完澡，阿姨煮的白粥也刚好上桌，就着油条和小菜，那就个爽！

吃饱喝足后，我或是上街逛逛，或是待在家里无所事事。说是无所事事，其实也不尽然，确切地说我在等人和等狗，人指的是Nahr，狗指的当然是长耳朵柯基。

这一天，我听到礼貌的敲门声（扣扣两声即止）。

"我来。"我说。

于是阿姨退下继续包云吞，那是我点名中午要吃的。

门开后，我看到一个好秀气的大男孩，那双眼睛很清亮。

人虽然不识，但他身旁的狗化成灰我都认得，尤其获得"飞狗扑身"的待遇后，我更加确信这就是我等待多时的狗。

"现在的海关服务真周到，对了，我该付你多少钱？"

"不需要。"他停顿了一下，"苏阿姨让我带狗过来，顺便跟妳认识一下。"

苏阿姨？说的可是我妈？

"你是……"

"敝姓牟，牟文玺。"

原来我还是没躲过母亲的相亲安排（现在我知道她为什么要走我的地址了）。

"我是苏青青，"我让开身来，"请进，外面热。"

我请客人在客厅坐下，接着嘱咐阿姨多准备一份午餐，自己则到冰箱取来冰啤和水。

把冰啤给了客人后，我打开后院的门，让狗待在屋外阴凉处喝水。

回到客厅，我发现客人已经把啤酒喝光，可见外头有多热。

"你还要点儿什么？"我问。

"不了，我很好，什么都不需要。"

坐下后，我问他什么来历？

他噗嗤一笑，说我真直接。

"我还能更直接点儿，实话告诉你，我俩是不可能的，即使地球大爆炸也不可能，你还是另外找人吧！"

"妳是拉拉？"他问。

看来他也直来直往。

"是的。"我大无畏地承认。

"这么说我们是最佳拍档，真是天助神保佑！"

我问此话怎讲？他答他已接近三十岁，有个交往多年的男友，感情一直很稳定，但父母希望他早日结婚（当然和女的结），一旦结婚就能过上正常的生活。为了达到这个目的，他被迫走在相亲路上，已经筋疲力竭。本来他无意和一个神龙见首不见尾的女人相亲，但一听说对方是个假小子，这撩起他的兴趣，所以即使明知"送狗一程"不过是个借口，他也接下任务。

我赶紧纠正自己不是假小子，分明就是男的，呃……內心是个男的，懂吧？还有，我的存在不是为了满足别人的好奇心。

"妳还不明白吗？我们若成婚便各自身心自由了，妳可以找妳的人，我也可以，咱们互不干涉。"

呆了十几秒后，我问他可是认真的？

"当然，如果妳不放心，我们可以联名买个两层楼别墅，各有出入口，这样谁也不妨碍谁。"

我从来没想过和另一个群体的人结婚，因为结婚对我而言不是必需品。

姓牟的说那么就算帮他一把吧！好让他向父母交差。

我想了想，这件事还得从长计议。

"到饭点了，"我起身，"你不妨尝尝我家阿姨做的鸡汤云吞，不输大饭店水平。"

～

牟文玺就这么住了下来，还好别墅够大，暂时没有任何不便。

"他……怎么样？"我妈打电话过来。

"什么怎么样？还不是两个眼睛一个嘴巴。"

"谁跟妳谈这个？我看他人挺不错的，还是哈佛大学毕业生，配妳算配得上。"

真不知母亲哪来的底气说这话，我虽没看上人家，不代表我的条件就比他好，哈佛大学的毕业生能挑的人多了去，未必有我。

母亲答话不能这么说，缘分最重要，她一提议送狗到三亚，那孩子二话不说就接下任务，可见对我情有独钟，何况我还这么有钱，这是加分项。

"我哪有钱？能温饱就不错了。"我马上声明。

当初打遗产官司，我曾千拜托万嘱咐，要律师一定不能将我的个人信息公开，对外一律称S女士。

"妳到现在还想瞒我？我到物业那里问过，现在我和妳爸住的公寓是妳全款买下，不是租的。还有，小月死后，财产全归S女士，虽然这个S女士从没露脸过，但当初妳跟小月一起到迪拜，她怎么可能又另找了个S开头的女人，天底下哪有那么凑巧的事，对吧？"

没想到平常脑袋不怎么灵光的人，此时却分析得头头是道，偏偏还全被她蒙对了。

"是又怎样？那不代表我能被予取予求，妳别又赌上了。"

"早不赌了，我现在就想抱孙，妳赶紧给我生一个……"

"啊～"我大叫一声。

我妈急问出了什么事？

"有蟑螂，我打蟑螂去，拜了。"

挂上电话，我问牟文玺有什么事？他已经站在走廊好一会儿
了。

"就想问妳看不看猴子？"他问。

"猴子？哪来的猴子？"

"听说陵水有个猴岛。"

我回答不想看猴子。

"那么出海看海豚。"

"你是不是太无聊了？如果无聊可以出外走走，不一定非得
带上我。"

"我想……如果妳能更了解我，也许会答应我的提议。相信我
，我不是坏人，真的。"

"你当然不是坏人，"我笑了，"这样吧！我跟你一起去看猴
子。"

第五十章/猴岛归来

猴岛位于海南省陵水县南的南湾半岛，三面环海，是我国也是世界上惟一的岛屿型猕猴自然保护区。上猴岛的交通方式有两种（缆车和渡船），牟文玺提议坐缆车，偏偏今天风大，缆车摇摇晃晃的，我感觉体内的五脏六腑都在翻腾。

"妳还好吧？"牟文玺问我。

"好，很好。"我答。

整个猴岛公园并不大，看完猴技表演，再买些花生喂喂猴子，行程差不多可以结束了。

正当我打算打道回府时，一只泼猴以迅雷不及掩耳的速度抢走我的墨镜，它原本挂在我的牛仔裤口袋上。

我追了上去，它反而逃得更远。

牟文玺要我稍安勿躁，他帮我拿回来就是。

只见他笔直地走向那名"小偷"，然后掏出一枚硬币来。

猴子看到新玩物，立即丢下墨镜。

"喏！"他把墨镜递还给我，"做事要讲求战术。"

"你以为我不知道？我不过是给你表现的机会。"

"那谢谢妳了。"

"不客气。"

回程时，姓牟的说还是坐船吧！

正因为坐船，后来发生了不愉快的事，因为牟文玺不小心蹭到一位满脸横肉的大哥。

"喂！碰到我了。"那人粗里粗气地说。

"对不起。"

"对不起有用，要警察做什么？你这个娘炮！"

我火了，立马挺身而出。

"嘿！讲谁娘炮？"我立在大哥面前。

"我讲谁干妳屁事？妳这个不男不女的阴阳人！"

我二话不说，直接让他吃拳头。

"妈的，"他拭去鼻血，"来真的？看我不打死妳才怪！"

那人还未反击就被工作人员拦下。

"听着，下船后单挑。"大哥对我龇牙裂嘴。

"行，我奉陪到底。"

回到座位，牟文玺又要我稍安勿躁，他说事情没那么严重，不值得大打出手。

"人家都骂你娘炮了，还不严重？你到底有没有心？"

话一说完我就后悔，但此事已不可逆转。

"我当然有心，但和那样的人较真完全没必要。"

"这是我和他之间的事，你别管。"

下船后，我和那人很有默契地来到一块空地上。

"说好了单挑。"大哥很不满地说。

我转头一看，原来姓牟的跟在我身后，于是我赶他走。

几分钟后，我瘸着腿走出来。

"告诉过妳别打，这下好了，腿瘸了吧？！"牟文玺摇摇头说。

"你该看看那人怎么了。"我答。

趁他打电话叫救护车之际，我拦住一辆出租车。

"你上还是不上？"我对我的伙伴喊。

"人怎么办？"

"你不是已经叫救护车了？"

"可是……"

我一上车，牟文玺也跟着上。

车子开出去五分钟，他才想起我的车还留在停车场。

"腿瘸了怎么开？"我问。

"我会开呀！"

不早说？！

出租车司机一听长途改成短途，立刻拉长了脸，于是我扔给他一百元。

回到我租来的车上，牟文玺说我给多了。

"你他妈的快给我闭嘴，今天我受够了！"我喊。

他发动车子，全程一语不发。

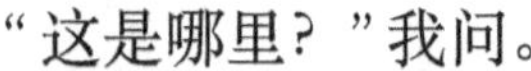

"这是哪里？"我问。

"医院。"

"谁让你开到这里来？马上开走！"

他对我的命令无动于衷，停好车后，留我一人在车上。没多久，他推来一辆轮椅。

"我没那么脆弱。"我说。

"我知道妳很坚强，只是怕妳走路慢，影响了交通。"

为了当好公民，我坐上轮椅。

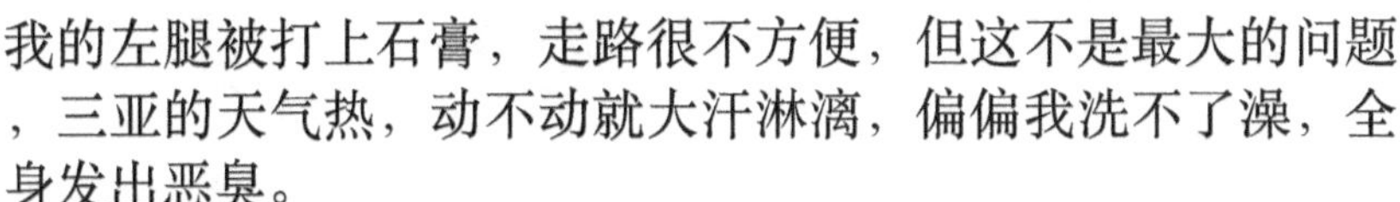

我的左腿被打上石膏，走路很不方便，但这不是最大的问题，三亚的天气热，动不动就大汗淋漓，偏偏我洗不了澡，全身发出恶臭。

"要不要我帮妳洗澡？"牟文玺问。

"不用，我喷香水就行。"

"我就是忍受不了妳的香水味才问。"

我想了想，要他打盆热水给我，我拿毛巾擦身子就是。

"何必呢？我反正对妳没反应。"

得，谅他也不敢造次。

这真是一次难得的体验，很难想象一个男人会如此细心。就在他的温柔以对下，我洗了五天以来的第一次澡，顿时神清气爽。

"你该不会经常帮你的男友洗澡吧？"我打趣地说。

"没，他洗他的，"他打量我的脚趾，"妳的指甲该剪了。"

然后生平第一次有个男人蹲下来为我剪指甲，简直不要太享受。

"你会煮饭吗？"我忍不住问。

"不瞒妳说，我的厨艺极好 。"

"会缝纫吗？"

"会，我还会织毛衣。"

哎！如果我和他能灵魂互换该有多好，但人生就是这么出其不意，让人无言以对。

"剪好了，"他站起身来，"妳还需要什么？"

"什么都不需要，能陪我聊会儿天吗？"

"可以，等我洗好手。"他答。

第五十一章/三十岁生日

牟文玺告诉我，他现在的男友不是他的初恋，他的初恋伤他很深，连分手的话都没说，但他一点儿也不怪他，毕竟他的家族很显赫，丢不起这个脸。

"现在他人呢？"

"听说结婚了。"

我问他难过吗？他答难过肯定有，但塞翁失马焉知非福？他的第二个男友（也就是现在的男友）对他很好，还把他介绍给自己的家人和朋友，反倒他比较放不开，到现在家里人还不知道他的性取向。

"我比你好一些，家里人是知道我的性取向，但还是介绍个男的给我当相亲对象，大概他们以为女女恋都只是玩玩而已。"我说。

"那么谈谈妳的恋爱经历吧！"

虽然打从中学起我就是个万人迷，但真正恋爱的次数却少得可怜，小月姨勉强算一个，另一个便是我的小河公主。

我向他简单介绍一下我的女人，没提她是有夫之妇，更没提那些乱七八糟的前世今生。

"她现在在哪里？"他问。

"迪拜，她是半个穆斯林，母亲是芬兰人。"

他"哇呜"一声，我问他什么意思？

"我男友也是外国人，丹麦。"

"这么巧？同是北欧。"

"谁说不是呢？"

也许因为彼此有类似的经历和烦恼，这样的谈话无疑让我们的心更靠近一些，所以两天后当他向我道别时，我们互留联系方式。

我的腿拆完石膏的那天下午，母亲打来电话，问："他……怎么样？"

"放心，吃得饱、睡得香，每天早晚还运动两次。"

"他不是回家了吗？"

"妳讲谁呀？！"

"还会有谁？当然是牟家少爷。"

切，我说母亲怎么突然问起长耳朵柯基？她一向对它不冷不热。

"牟家少爷好不好问我干嘛？我跟他又不熟。"

"都已经同居两个星期了，还不熟？对了，牟家说牟文玺对妳的印象很好，不介意进一步发展，妳得打铁趁热，好不容易有个男的对妳感兴趣，过了这个村可没这个店……"

我一时迷糊了，什么时候我成了陈年旧货，非得清仓大甩卖不可？

"那正好，妳替我回了他，他可以是朋友，但绝对不是可以谈婚论嫁的对象。"

"为什么？妳也26了，我26的时候，妳都会走路了。"

"妳若想抱孙，就别指望我了，还是把希望寄托在暖暖身上吧！挂了，我打蟑螂去。"

一挂上手机，我听到礼貌的敲门声（扣扣两声即止）。

"我来。"我说。

于是阿姨退下继续抹窗户玻璃。

门一开，我看到朝思暮想的人。

"Surprise！"她喊。

的确是个大惊喜，我给了她一个拥抱，然后抱她进屋。

"妳老公到别的老婆那里去了？"我问，同时亲吻她的肩胛骨。

"嗯！他说下次见面时会为我举办一个盛大的生日派对，毕竟三十岁是大生日。"

"三十岁生日？"我亲吻她的下巴，"什么时候？"

"五月十二日。"

原来2019年12月5日是她的三十岁生日，等等，2019，12，5……05，12，2019，05122019……

我顿时五雷轰顶，这不是Kawthar写下的数字吗？她想告诉我什么？绝不是她母亲的三十岁生日日期，她肯定知道这个日子的不平凡意义，因为那是Nahr"正常"死亡的忌日。

"妳怎么了？"Nahr问。

我答没什么，然后从床上坐起。

她抱住我，说："我们这么久不见，妳就不想我？"

"想，当然想。"

"那……妳怎么还不行动？"

我笑了，真是的，竟然忘记重要的事。

"妳想要我怎么蹂躏妳？"我问。

"讨厌！"

第五十二章/求婚

月光下，Nahr的脸庞像被上帝亲吻过。如果新疆考古研究所内的小河公主是美丽的，那么眼前人无疑被注入了血和肉，让"人形娃娃"从此有了生命，而我却要阻止她复活，让她再度成为传奇……

实话告诉你，当得知12月5日是Nahr的三十岁生日（不出意外的话，她将在这日死去），我感到无比心痛，没想到相聚的时间如此短暂，没有了她，我连呼吸都困难。

"妳怎么还没睡？"我的公主睁开惺忪的双眼问。

"看妳啊！"

"我有什么好看的？"她钻进我怀里，"妳真傻！"

我是傻啊！连自己心爱的女人都保护不了。

"睡吧！我唱歌给妳听。"说完，我轻轻哼起新疆维吾尔族的民歌《达坂城的姑娘》。

. . . .

达坂城的石路硬又平啊！

西瓜大又甜呀！

那里的姑娘辫子长啊！

两个眼睛真漂亮。

妳要是嫁人，

不要嫁给别人，

一定要嫁给我。

带着百万钱财，

领着你的妹妹，

跟着那马车来……

在歌声中，我的小河公主很快又入睡，只留下无限惆怅的我
。

～

"早！"Nahr赤足走进厨房，"妳在干嘛？"

"为妳做早餐。"

我的厨艺很一般，但为了心爱的女人，我拼了。

"看起来很好吃的样子。"她说。

"一定得好吃才行，我已经忙了近半个小时。"

我做的omelet并没有什么过人之处，但准备食材花了我好一
番工夫，主要是第一次做，没经验。

"让我看看妳的美式鸡蛋卷里有什么？"她细看我的杰作，"
有火腿、洋葱、胡萝卜、玉米、青豆。"

我补上一句："还有芝士及香菇，妳快吃，凉了不好吃。"

她咬下一口后，比了个Thumbs up。

其实我也觉得挺好的，尤其这是我的处女作。

"今天有什么活动？"Nahr边吃边问。

我在网上搜索到一张两元人民币纸钞图片，指给她看，说："喏！待会儿去这里，天涯海角游览区。"

两元人民币纸钞的背面图案是三亚有名的景点—天涯海角，它位于三亚市区西南，这里海水澄碧，椰林婆娑，沙滩上有大大小小的石块耸立，其中"天涯"、"海角"和"海天一柱"等巨石最为有名。

"为什么要去那里？"她问。

"所谓'天涯海角'指的是极其偏远的地方，它也成了古时犯错官员的流放之处，妳难道不好奇？"

"好奇什么？"

"好奇……好奇来到古人认为的天地尽头。"

Nahr呵呵呵地笑，她说本来不好奇，听我这么一答，突然好奇起来。

"那好，我们待会儿就出发。"我说。

"怎么那么多人在拍婚纱照？"Nahr问。

天涯海角游览区不大，但它依山傍海，椰林、波涛、渔帆、燕鸥……形成了南国特有的椰风海韵，每个角度都很适合拍照，分分钟成了摄影大片。

"也许新人们想抓住最美好的一刻。"我答。

"那么我们也来拍，好不好？"

有钱的好处就是可以任性。

我抓住其中一位摄影师，表达想拍婚纱照，价格不计。他立马打回公司，不到一个小时，一辆商务车开过来，我们进到里面化妆和换衣。我的着装相对简单，新娘子就不一样了，花费的时间是我的三倍有余。

等她从车内走出来，我看直了眼。

"好看吗？"她原地转了个圈。

"好看。"

然后天涯石前有我们，海角石前有我们，海天一柱前有我们，知鱼湖前有我们，纯白带落地玻璃的婚礼殿堂前有我们……

"好，很好，新郎多笑点儿。"摄影师喊。

天气很热，不过这不是我笑不出来的原因，而是离别依依，我的内心很苦涩。

拍好照，摄影师边收拾东西边感叹很少看到这么漂亮的新娘，像从画里走出来一样，还问我拍照目的。

"你说拍婚纱照的目的是什么？"我反问。

"噢！对不起，我以为妳们拍着玩。"

"不，她就是我的新娘，我这辈子惟一的新娘。"

"也是，她的无名指上戴着鸽子蛋，妳一定很爱她。"

摄影师的话让我心头一紧，对呀！我还没买婚戒，那枚鸽子蛋是她老公送的。

来不及换下一身礼服，我直奔商场珠宝店，等我赶回来，Nahr已卸好妆，穿回自己的衣服。

"妳去哪里了？我找不到妳。"她满脸不悦。

"对不起，我……我……"我停顿了一下，然后拿出婚戒，单膝跪地，"Nahr，嫁给我吧！"

我的小河公主感动得热泪盈眶。

"Yes. Yes. I do."她拉我起身，"Oh my God，妳真让我惊喜。"

多年以后，这个画面一直在我的脑海中挥之不去，尤其浪漫的场景背后正酝酿着一场风暴。

第五十三章/不明所以

Nahr有娇俏的下巴、好看的肩胛骨以及两个饱满的乳房，腰很细，腿长，脚趾修剪得整整齐齐……

我一路吻下来，像吻美神维纳斯。

一番水乳交融后，我躺在她的胸口上喘气，她一遍又一遍地抚摸我的发。

"要不要喝水？"她问。

"嗯！"

她随即起身拿水给我，我咕噜咕噜地喝完，然后躺回床上去。

"这房是妳买的？"Nahr在房内一边当侦察兵一边问。

"不是，租的。"

"怎么发现这么个好地方？"

这里是小月姨带我来的，但我不想让Nahr知道。

"朋友介绍的。"我答。

"妳的衣服都是纯色的。"

此时的她已经走入衣帽间。

"嗯！我喜欢简简单单。"

"袜子也是。"

"风格得一致嘛！"

接着我听到窸窸窣窣的声音，大概她正在翻看我的衣裤。

没多久，我听到"碰"的一声。

等我反应过来，那是好几秒以后的事。

"Nahr，妳怎么了？"我拍打她脸颊，"妳不要紧吧？！别吓我。"

就在我打算做心肺复苏术时，我的公主醒过来了。

"我……我怎么了？"她喃喃道。

我告诉她，她晕倒了。

"是吗？……我想起来了，上回晕倒也是因为布袋里的东西，这实在太奇怪了，东西呢？"

"别找了，妳需要休息。"

"可是……"

我立马抱起她，让她躺回床上去。

等Nahr被我哄睡后，我起身到衣帽间找那个宝贝。

"原来在这里，"我从角落拾起，"还好找到了。"

望着手中宛如凝脂的玉勒子，时间一下子回到过去。当年老教授把这块玉交给我，同时耳提面命："记住了，真正的小河公主看到这个东西会有晕眩感。"

事实证明，Nahr真的是小河公主，而且应验了两次。

"我该把这玩意儿藏哪里好？"我琢磨着。

由于一时找不到合适的窝藏之处，我把玉勒子塞进自己腰带的夹层里。

当我和Nahr在客厅里打游戏时，听到礼貌的敲门声，扣扣两声即止。

"我来。"Nahr起身去应门。

几分钟过去了，Nahr依旧未归。

于是我放下手中的游戏机，走过去一探究竟。大门敞开着，可是Nahr却失去踪影。

"Nahr～"我边喊边往外走。

冷不防，一个布罩从天而降，我眼前一黑，人也昏了过去。

我用力睁开眼睛，看到一个报纸大小的窗口紧贴着天花板，微弱的光线便是从那里宣泄进来。

"这是哪里？"我左顾右盼，"怎么像个谷仓似的？"

"妳在离迪拜一个多小时远的地方，"保姆停顿了一下，"Mr. Maktoum待妳还是不错的，怕妳热，安了个空调。"

迪拜？怎么一会儿工夫我就从三亚回到迪拜？

保姆回答我已经昏迷超过24个小时了。

"为什么把我关在这里？Nahr呢？"

"她是安全的，妳也别泄气，很快就能重获自由。"

"很快是什么时候？"

"我也不清楚，至少12月5日之前是不可能的。"

我问她为什么如此笃定？她答Mr. Maktoum交待她照顾我直到那一天为止，所以……

不，绝对不可以，12月5日是Nahr和神秘力量的断魂日，如果我无法在那之前亲手送Nahr归天，她又会再一次跌入轮回之中。

"妳行行好，放我一马，我……我给妳钱，很多很多的钱，多到妳这辈子都不需要再工作。"我以利诱之。

"即使我想放妳一马，外面的三个彪形大汉也未必愿意。"

硬碰不行，我决定采取别的战术。

"妳来照顾我，谁来照顾Kawthar？"我问。

"我推荐了一位老乡。"

"那我放心了，只是如此一来太辛苦妳了，每天都得在烈日下来回数趟。"

她冷笑一声，让人不明所以。

第五十四章/求生欲望

现在我终于知道保姆为什么冷笑了，显然我俩对"照顾"的理解不同。

"今天的鸡成了僵尸鸡，"我用叉子戳了戳，"硬得像石头。"

保姆呵呵呵地笑，她说从现在起我要习惯吃僵尸肉，因为她给我的就是隔夜饭，而且一天只送一次。

"我怀疑妳严重渎职。"我冷冷地说。

"无所谓，反正老板有更重要的事要办，顾不上我。"

我问有什么重要的事？她答当然是安抚好自己的妻子啰！现在Nahr的情绪很不稳定，尤其马上就要开生日派对，千万不能出差错。

"Kawthar呢？"我想起这个怪小孩。

"她不太开心，今天还躲进我的车子里，还好被我及时发现，否则就闯大祸了。"

"妳呢？妳开心吗？"

"我？"她耸耸肩，"日子该怎么过就怎么过，谈不上开不开心。"

我计划从这个"不怎么开心"的保姆身上着手。

"妳喜欢喝酒吗？"我问。

"喜欢，但穆斯林不能喝酒，来到迪拜后，我被迫戒酒了。"

是这样的，在迪拜买酒得出示许可证，一般人没办法买到酒，不过最近放宽了限制，只要出示护照并签署一份自己不是穆斯林的声明，即可获得购酒许可证，但酒后驾车和在公共场所饮酒依然是违法的。

保姆听闻，眼睛亮了。

"要不妳现在就去买，我付费。"我掏出银行卡交给她，"密码是556677。"

"妳就不怕我把卡里的钱全取出来？"

"不怕，想取多少随意，只要妳开心就好。"

钱真是个好东西，保姆立马减少对我的敌意。

"我现在就去买。"她起身，脸上堆满笑容。

我交待她也买几瓶冷饮给外面看守的人，毕竟我在屋内吹冷气，他们可不，屋外的热浪能将人逼疯，够辛苦的了。

"妳该不会以为他们会为了几瓶饮料放妳走吧？！"

"当然不，如果放走我，Mr. Maktoum绝不会让他们好过。"

"算妳聪明！"

两个钟头后，保姆提着伏特加走进来

"哇！一上来就喝这么烈，明天头要疼了。"我说。

"管他的，喝了再说！"

一开喝，保姆的老酒鬼本色立现。

"别光喝酒，吃点儿下酒菜。"说完，我把腌三文鱼、糖皮花生及橄榄火腿往她的方向挪。

她也不客气，不仅胃口大开还越喝越High，兴起时边唱歌边大跳热舞。

"来，"她向我招手，"一起跳。"

我对跳舞不感兴趣，但为了套近乎，我像个傻子似地陪跳。

她似乎从我的"同手同脚"中得到无穷的乐趣，笑得前仰后合。

"说了我不会跳。"我回到座位上。

"不要紧，"她又来拉我，"高兴就好。"

我们就这么闹到午夜，然后她自然而然地躺在我的床上呼呼大睡。

一张单人床睡上两个成人，其局促可见一斑。

我在狭窄的空间里缩成一尾小虾米，然后望着黯淡的月光感慨："Nahr呀！妳可像我想念妳一样地想念着我？"

我的慷慨和配合加了不少印象分，现在我不需要再吃僵尸肉，保姆也从"一天只出现一次"改成"经常"来看我。

"妳就没别的事好忙吗？"我问。

"有啊！妳就是我的工作项目，侍候妳就是我的工作。"

呃！几天前她可不是这种态度。

趁她今日心情大好，我锦上添花，赞美她皮肤佳，身上的衣服漂亮，中文还说得贼溜……

"现在我知道Nahr为什么会迷失了，因为妳嘴甜。"

保姆用"迷失"二字形容这段感情，让我如鲠在喉。

"不是迷失，我爱她，她也爱我，如此而已。"

"妳有没有想过她丈夫？那个男人很爱Nahr，即便她出轨了，他还是选择原谅，还好Nahr最后回归家庭，没有让事情进一步恶化下去。"

"妳说什么？"我抓住保姆，"这是不可能的事。"

她推开我，同时规劝我不要捡了芝麻丢了西瓜。

对我而言，Nahr就是天和地，绝不是一颗小芝麻可以比拟。

因为这番不愉快的谈话，我突然有了主意，问保姆敢不敢和我赌？

"赌什么？"她问。

"赌Nahr爱谁，如果她爱我，我赢，从此妳不再质疑我和她之间的感情；如果相反，妳赢，妳可以拿着我的卡疯狂购物一整天。"

这是一个怎么样都不亏的赌注（针对保姆而言），我相信她不会错失良机。

"可以，我赌了，可是怎样才能验证结果呢？"她问。

我答我曾送Nahr一枚戒指，如果她退还给我，表示我输了。

保姆面有难色。

"有问题吗？"我问。

"有，如此一来岂不是透露我知道妳的行踪？"

原来保姆不笨，这坏了我的计划。

"要不妳把她带过来，让我们见上一面就能揭晓答案。"

保姆露出久违的冷笑，说："妳还是露出狐狸尾巴来，我以为妳会藏得更久一些。"

我来不及解释，她已扬长而去。

第五十五章/变心

保姆又让我吃僵尸肉，同时从"经常"来看我改成"一天只出现一次"。虽然我并不期待看到她，但我的确期待吃到热腾腾的饭菜，无奈这个愿望目前看来是无法实现了。

我的麻烦还不止此，当初被抓来，身上就只有T恤加五分裤，保姆后来虽然送来了几件土到掉渣的衣服，但她没考虑（或者故意忽略）现在是冬季，夜晚得加件薄外套才行。

"苏同学，今晚有点儿冷，记得多加件衣服。"

听到"苏同学"三个字，我像被功夫高手给点了穴道。

"谁？"我喊。

无人回应。

我不禁怀疑自己得了幻听，也许这就是被囚禁起来的后遗症。

"苏同学，我等妳等得够久了，妳就不能自觉点吗？"

这次我听出声音来自屋外，而且就在窗口下。

"你到底是谁？别装神弄鬼的好吗？"我站在窗口下问。

"妳分辨不出我的声音吗？"

我细品着，那声音的确很像一位已故的人。

"你……你是老教授？"

"没错，好耳力。"

天哪！人死后还会复生吗？

"你死没死？"

"死了，担心妳无法完成任务又活过来，没想到妳真让人失望。"

当听到这个，我的第一个想法便是有人恶作剧，也许我身处的环境就有个隐藏式摄影机或收音器什么的，但再仔细一想，知道我是"苏同学"的人不多，这分明不是闲杂人等能恶搞出来的。

"你还是现身吧！我不习惯对着空气说话。"

"我怕妳见到我会害怕。"

"你不现身我才害怕。"

"那……好吧！"

没多久，我听到钥匙插入门孔的声音，接着门开了。

"Kawthar，妳怎么在这里？妳一个人来的？"我望向屋外，那里一片漆黑，风吹过的声音像鬼哭狼嚎。

她依旧不说话。

我把门关上，带她进屋坐下。

"喝水吗？"我问。

她摇摇头。

我忽然想起老教授，他人呢？于是我又向房门走去。

"别找了，我就是老教授。"

我慢慢转过身去，问："Kawthar，刚刚是妳在说话吗？"

她点点头。

"妳是……老教授？"

她再度点点头。

"妈的……Oh shit……Shit. Shit. Shit……"我疯狂抓头。

"请冷静一下。"

这叫我如何冷静？一个八岁小女孩一开口便是低沉的男性嗓音，这搁谁身上都不能接受。

"这是怎么回事？你倒是快说呀！"我急得跳脚。

原来当年老教授将任务交给我后又不放心，决定助我一臂之力，于是提前结束阳寿进入轮回，没料到最后占用了一个小女孩的躯体，由于害怕邪恶的力量发现异样，他只能选择当个哑巴……

"等等，你占用Kawthar的躯体，那么真正的Kawthar哪里去了？"我问。

"她应该还在某个地方等着，我一天没离开，她也回不来。"

"那你快离开呀！"

"我也想，但妳不完成任务，我如何离开？哎！算我高估妳了，给妳近四年的时间，妳就负责风花雪月，把要紧事摆一边。"

他的一番话让我既气愤又羞愧。

"好家伙，你就会偷窥，我和Nahr全被你看光了。"

"一开始我的确故意坏妳好事，因为妳忙着开心，但后来却是被保姆给带去搞破坏。"

这下子终于解开我心中谜团，当年为了发现Kawthar是怎么进到上锁的房间内，我曾安了个摄像头，录相显示孩子进到房内后，有一只成年人的手把开着的门又关上，原来那只手正是保姆的手。

"好吧！我承认自己优柔寡断，执行力不够，但现在形势丕变，我一定会完成任务，送小河公主到极乐世界。"

"妳最好是认真的，因为时间不多了，再三心二意，小河公主肯定又要轮回，没完没了。"

"知道了，问题是现在我要怎么出去？"

老教授说出去挺容易的，反正门已打开，外头看守的人也被他搞定，倒是怎么让小河公主前来和我见面比较难，因为Mr. Maktoum来软的，Nahr明显想从良。

从良？搞半天我成了坏人？

"我相信Nahr是爱我的，她一定会来见我。"我斩钉截铁地说。

"那好，妳打给她，要她过来见妳。"

我的手机被没收了，此时老教授递过来的手机帮了大忙。

号码拨通后，不知是否我多心，Nahr没有以前热情。

"妳丈夫在身边吗？"我问。

"嗯！"

"那么妳听着就好，我在离迪拜一个小时车程远的地方，我会想办法回到水晶湖的家中，妳明天一早过来和我见面。"

"不，我不能再伤害……他。"

她的回答像一把匕首插入我心头，我以为我爱她，她爱我，两人情比金坚。

"Nahr，我爱妳，妳得见我一面。"

"青青，对不起，我们必须停止这一切。"

即使我苦苦哀求，她还是不愿见我，我只好使出杀手锏。

"Kawthar在我手中，妳不过来就永远见不到她了。"

"别……妳千万别伤害她，我明天一早就过去。"

挂上电话，我毫无欣喜之情。

"早告诉过妳，Nahr变心了。"

老教授的事后诸葛只会让我更加烦躁。

第五十六章/抉择

我问老教授埋藏在心里已久的疑问："如果我猜的没错，Mr. Maktoum应该就是邪恶的力量，对吧？"

"一开始我也这么认为，但后来我迷糊了，与其说是邪恶的力量，倒不如说是爱情的力量。Mr. Maktoum很爱Nahr，所以一直跟着她轮回，从某个角度来看的确是个麻烦，问题是这麻烦还甩不掉，纠缠了数千年之久，也难怪Nahr会受不了而有了二心。"

妈的，这开的什么玩笑？

"那……我还要不要拆散他俩？"

"看妳啰！我反正尽人事听天命。"

～

远远的，我看到Nahr在我的屋前徘徊，看样子已等候多时。

"Kawthar呢？"她看见我，急切地问。

"进来吧！"我开了门，"妳女儿在很安全的地方，毫发无损。"

进屋后，她泪如雨下地说："求妳了，别伤害她，妳想要什么，我尽量满足妳。"

我想要什么，她会不清楚吗？

"Nahr，我想要妳，妳说过只有我能让妳全身心投入，难道妳忘了？"

"我没忘，但我不想要我的丈夫失望，他是个好人，大好人。"

"妳不愿伤害他，所以舍得伤害我？"

她哭得更加伤心。

我说过我最见不得女人掉眼泪，她们一哭，我彻底没辙了。

"别哭，"我将她的泪水轻轻划去，"妳一哭，我要心碎了。"

此时门铃声响起，Nahr走过去开门，迎来一个伟岸的男人。

"妳告诉他要和我见面？"我质问我的女人。

她忙向我道歉，表示自己有不得已的苦衷，然后转向那个男人，急急地说着我听不懂的阿拉伯语。

"¥&#@*……"那男人答完，Nahr退下，屋内只剩两人。

"What?"我问。

我的情敌操着一口流利的英语，大意是对我既往不究。

哈哈！我谢了他，同时表明自己深爱Nahr，不希望她受苦。

他义正辞严地说我不过爱了她一世，他可是爱了她将近四千年，打从她在草原上放羊起，他便无可救药地爱上她，如果不是三十岁生日时的那场突发急病，他俩的恩爱生活会更长一些。当Suki（Nahr的第一世名字）病逝后，他也因伤心过度，几天后便随她而去，没想到因此落入轮回，两人百转千回后总能相遇。为了守护爱人，四千年来他无不倾尽所有，就算当坏人也在所不惜，只为了大限来临的那一天能共赴死亡之约，接着落入轮回……

"再过几个小时便是12月5日了，也就是Nahr的三十岁生日，你打算如何死去？"我问，心想也许能在事情发生之前阻止。

他答不清楚，每一世都有不同的死法。

我把自己的想法告诉他，他不同意，如果极乐世界代表相爱的两人不能再次相遇，他宁愿不要。

" Have you thought about how Nahr feels? Maybe she doesn't want to be reincarnated again." 我问。

他答那么何不问问Nahr，让她自己做决定。

Nahr进屋时仍满面愁容，她老公说了一大段话，像葬礼时的神父在念悼词。

"是真的吗？我已经轮回近四千年了。"Nahr问我。

"这个我也不清楚，我是中途加入的，不过显然妳也没多爱那个男人，否则也不会与我纠缠了这么多年。"

我承认这么说有使坏的成分在。

Nahr懵了。

能不懵吗？这件事搁谁身上都很匪夷所思。

"我……我不知道该如何抉择。"她说。

"我了解妳的难处，但时间不多了。"我转向Nahr的老公，"The time is limited."

我的意思不过是提醒当事人快下决定，却给Mr. Maktoum再次表白的机会，他随即向Nahr下跪，那对深情的眼眸，我见亦犹怜。

眼看情势对我很不利，我不得不敲醒梦中人："Nahr，妳考虑清楚了，心别太软。"

我以为她会考虑得更久一些，结果这个无脑女人马上拉起自己的老公，然后投入他的怀抱。

So？这就是她的决定？我竟然被甩了？

等了几秒钟，这个女人才想起我，走过来给我一个拥抱。

"青青，我爱过妳。"她在我耳边低语。

老实说，当那两口子离去时，我像吃了一斤的酸枣。

"任务还是失败了，对吗？"老教授忽然现身，不无遗憾地说。

"看样子是失败了，更失败的是Nahr竟然选择别人，我……失恋了。"

"不管她选择什么，也就一天的差异，终归一死。"

这老头子完全不懂年轻人的想法，一天的差距就足以摧毁我那无以伦比的自信心（我一向自诩万人迷，从来没在女人堆里败下阵来）。

"你说的没错，每个人终归一死，早死和晚死的差别而已，只是我很好奇他们会如何死去。"我说。

老教授答他更好奇那对夫妻发现自己的女儿又回来了，会是怎样的心情。

"对呀！"我大梦初醒，"Kawthar怎么还在此？那一男一女也真是的，竟然忘了自己的宝贝女儿，有这么当父母的吗？"

"哎！妳还是没听懂我说的，我的意思是我即将退出，让真正的Kawthar回来。"

"这……这……什么时候的事？"

"现在。"

"现在？"我的思绪乱如麻，"我该怎么做？"

老教授答什么都不用做，坦然接受即将发生的一切即可。

我伸出手和他握了握，算是替这趟奇异的旅程画下句号。

"妳难道不好奇他俩的下一个轮回会去哪里？"

我本来不好奇，经他这么一提，我反倒好奇了。

"哪里？"我问。

"中国江南一带。"

哇！竟然就在我的家乡附近。

"好吧！如果有缘，兴许还能再见面。"

"#%€$&……"眼前的小女孩突然奶声奶气地说着阿拉伯话，样子像是迷了路。

乖乖，这个老教授说走就走，连道别的话都没说。

"别担心，我会带妳回家。"我对小女孩说，甭管她听不听得懂普通话。

第五十七章/胎记（完结篇）

听说那场精心筹备的生日派对办得轰轰烈烈，许多政商名流都参加了。我虽刻意缺席，但隐约知道传言不假，因为当晚燃放的烟花照亮了整个迪拜城，宛如国庆庆典或跨年晚会。

当噩耗传来时，已是好几天以后的事。

"妳为什么不嫌麻烦地亲自登门告诉我？"我问，连门都不让她进。

"我以为妳想知道，再告诉妳，Kawthar已经被亲戚收养，我也丢了工作。近日我会飞回泰国，打算休息一阵子再说。"

我祝她一路顺风。

保姆接着把一张银行卡交给我，说："忘了还妳。"

"没事，反正我已申请遗失。"

她几度欲言又止，最后还是把话吞下，走了。

我有多张银行卡，房产也多到数不清，金钱对我来说向来只是一堆数字而已，然而凡事都得有个度，这个保姆实在太不见外了，几天下来取走好几十万迪拉姆，我不得不喊停。

还好她算有良心，临走前免费提供了第一手资料，让我知道那对鸳鸯的死因。

原来由于工作人员的疏忽，最后一批被点燃的烟花直接射向阳台，把依偎着的男女主人当场炸飞，站在一旁的女儿倒是没事。

"没想到是这个死法，希望没给Kawthar带来太大的心理创伤。"我心想。

多年以后，我回到家乡做公益，內容五花八门，其中最受人瞩目的是我办了一个大型的动物收容所，同时开放给群众领养（我的长耳朵柯基死了，这是我能为它做的最有意义的事）。

这一天，收容所来了母女二人，她们打算收养一只狗。

实话告诉你，每天上收容所的"爱心人士"真不少，通常情况下我是不会出面的，自有工作人员（我父母、暖暖以及她的黑马王子）会去处理，但今天不一样，仿佛有一根线牵引着我前去一探究竟。到了现场，我发现来者是洋人。

" Have you chosen the dog you want？ " 我问那个身材略为矮小的女人。

" Not yet. Lisa is still choosing." 她答。

叫Lisa的小女孩此时背对着我，她有棕褐色的长发，约四、五岁的样子。

" Dear, which dog do you want?" 孩子的母亲问。

那孩子指向一只拉布拉多幼犬，然后转过身来，我因此看到一双摄人的蓝眼珠，几年前我也曾经拥有过。

"You're here." 小女孩忽然对我说。

"Yes." 我答。

她的母亲很惊讶，问我们是否认识？我们同时否认。

我弯腰把小拉布拉多从笼子里抱出来，交到Lisa手里，同时叮嘱她要好好照顾小狗。

小女孩向我道谢完毕，转身就要离开，我忙叫住她。

"What?"她问。

我之所以叫住她是因为发现狗的臀部有个胎记。

"Never mind. See you."我说。

她挥了挥手，样子可爱极了。

回到办公室，我挺茫然的，就是那种不知自己做对还是做错的感觉，尤其任务失败，注定我得跟着小河公主一起轮回转世，没完没了。

"哎！"我大叹一口气，接着把腰带夹层里的东西取出来，这个不比真正橄榄大多少的玉勒子让我更加迷茫。

我边转动它边思考，渐渐的，脑海里的主意越来越清晰。

"这大概是我做过最疯狂也最自私的事。"我喃喃道，然后一仰头，玉勒子顺着我的咽喉滑进肚里去。

《完结》

【看不够吗？**B杜**的《情迷摩纳哥》正等着您，以下是前三章，先睹为快。】

《情迷摩纳哥》

第一章/幸福的Bruce

今天是我母亲大喜的日子，她和一个秃了顶的摩纳哥男人结婚，这是她的头婚，我不知该哭还是该笑，最后我决定当一个心智成熟的女人，微笑着送上自己的祝福。

"橙橙，妳继父是个好人，他帮妳找到赌场发牌员的工作。"

摩纳哥是世界第二小的国家（仅大于梵蒂冈），经济上主要依赖博彩、旅游、商业和金融业。由于免征税收的政策，吸引了大批的有钱人，推高了房价，加上全球排名第一的个人年均收入，使它成为世界上没有穷人的地方（别误会，摩纳哥当然也有低收入者，但大多由外来的法国人和意大利人所承包，等于摩纳哥的"穷"被这两个国家给接收了）。

我继父介绍的工作，月工资能有六千多欧元，看似不坏，但在个人年均收入达到十五万欧元的国家里，六千多的月工资无疑是难堪的，何况我的梦想不是发牌。

"妈，替我谢谢Bruce，我喜欢目前的工作，没有换工作的打算。"

我在法国尼斯的农业信贷银行担任柜员的工作，朝十晚五，周末及节假日休息。虽然赚的没有摩纳哥的赌场发牌员多，但这里的消费和房租都不高，每个月我还能存下一些钱，所以没必要做天翻地覆的改变。

"也好，那么哪天妳来看看我和Bruce，我们的家在山上，看得到海景。"母亲说。

熟悉摩纳哥的人都知道这个国家三面环山，一面靠海，所以"家在山上，看得到海景"是标配，没什么大不了的，何况Bruce只是个码头管理员，不属于高收入人群，我对这个"家"不能有太大的期待。

"好，哪天有空的话。"我答。

母亲整理一下我的衣领，我俩尽在不言中。

我不爱谈过去事，那是因为苦多于甜，一个从小就父不详的孩子能有多快乐？我若问起亲生父亲，母亲的答案从来没变过。

"他姓梅，梅花的梅，喜欢橙色，这也是妳名字的由来。"她说。

因为这个与父亲相关的名字，我喜欢上所有橙色的东西，连食物也挑橙色的吃（好比南瓜、芒果、胡萝卜、红薯等），我甚至还一度拥有一只橘猫……似乎通过这些，我能与那个赐予我生命的男人更靠近一些，即使他的影象在我的脑海里已经模糊得不能再模糊。

谈起母亲，她是所谓的恋爱脑兼"渣男收割机"，在我之前不知有多少个哥哥姐姐无缘出生。也不知是幸还是不幸，当我被发现时已经五个月大，医生说打胎很危险，加上那时母亲已经三十好几，再不生很可能就要当高龄产妇，这才勉为其难地生下我。不过她还算是合格的母亲，至少没让我挨饿受冻过，只是她更换男人的频率过高，让我很心烦，还好高中起我便住校，来个"眼不见为净"，后来留学法国更是"天高皇帝远"。万万没想到这样平静的生活才过上几年，她又扔给我重磅炸弹，让我有了名义上的父亲，他们的"婚房"甚至离我的居住地不到一个小时的车程。

就这样，我们母女俩又被命运这条神秘的绳索给拴在一起。

母亲的婚礼很简单，就是到民政部门登记一下，然后找家餐厅吃个饭便算完事。

"妈，仪式还是要有，否则回忆起来很苍白。"我曾对她说。

"哎！Bruce不喜欢热闹，再说了，这个年纪图的是找个伴儿，那些繁文缛节，能省则省吧！"母亲辩解。

我也注意到新郎伯是个很木讷的人，不过我猜母亲之所以妥协是因为花费太过昂贵。在摩纳哥举办一场像样的婚礼可以买下一辆奥迪A8L，与其打肿脸充胖子，倒不如把钱花在刀口上，譬如到邻近相对便宜的国家度蜜月或租一个更大的住所（据我所知，他们的"婚房"很迷你，一个人住还算宽敞，两个人住就稍嫌拥挤了些）。

见证完母亲的婚礼后，我坐火车回到尼斯，继续过我那岁月静好的小日子。

尼斯的年轻人多半租住在公寓，我不一样，租的是乡间小屋，位置偏了点儿，好处是不用担心邻居会联名抗议我的琴声打扰到他们的日常作息。这点很重要，因为我很喜欢弹钢琴，每当徜徉在音乐的国度里，我才感觉自己不孤独，忽略现实生活中的我过得不甚如意，上一个男朋友还是大二的时候交的，现在的我已经单了有三年之久。

几个月之后的某天，母亲打来电话告诉我赌场发牌员的工作挺轻松愉快，赌赢的人经常会给小费，她的理想是调到包间替VIP客人服务，那里的小费更多。

原来被我拒绝的发牌员工作后来让母亲给顶替上了。

"Bruce怎么说？"我问。

"他说挺好的，两份收入能提高生活的质量。再告诉妳，我们打算圣诞假期到西班牙度假，Bruce说那里的物价低，我们可以豪掷千金。"

"你们还是用翻译软件交谈吗？"

"一半一半，大概再过个两、三年我便可以自力更生了。"

这个回答让我很忐忑，Bruce是她的众多男友中颜质最低的，莫非她想骑驴找马？

母亲答那也不无可能，爱情一旦味同嚼蜡，就没必要再继续。

"那干嘛结婚？单着岂不是更好？"我问。

"不结婚怎么长期留在摩纳哥？还有，我的岁数不小，英语和法语也不行，人家干嘛雇用我？无非看在我是当地人配偶的份上。实话说，这个国家还挺照顾自己人，平白得到了许多社会福利，如果早两年嫁过来，我就多生几个，不仅教育费和奶粉钱全免，还有生育奖励呢！"

咦！那个"今朝有酒今朝醉"的人哪里去了？突然变得如此"务实"，倒让我感觉陌生。

我曾想过如果自己的母亲不是一名享乐主义者，我应该不致于那么缺乏安全感，那些赶在最后一刻才交上房租或学费的梦魇，我再也不想经历。

"随便妳，妳觉得幸福就好。"我说。

"当然幸福啰！在我的调教下，Bruce不仅每天送我花，还包办全部的家务。"

我感到悲哀，继父还没察觉到自己的枕边人喜欢刺激和小惊喜，一旦后继无力，他极可能重回王老五的队伍里。

"我希望Bruce也感觉幸福，并且一直幸福下去。"我喃喃道。

第二章/母亲的心思

下午五点，银行关上大门对账，无非点钱、打印流水、整理现金库存、勾流水、清保险柜、送箱上运钞车……等，最后再清理桌面便大功告成。此时，基本已经六、七点钟，还赶得上购买超市的打折面包。

也就是说今天和别的日子比起来没有什么不同。

直到走出银行，我才发现今天还是有不一样的地方，好比同事们正讨论著下礼拜的培训，而我没有收到通知。

"不会的，妳已经通过试用期，虽然上司有点儿瞧不起亚洲人，但不致于裁了妳。如果裁掉妳，那些法语不流利的中国人找谁开户去？"我安慰自己。

然而我还是太高估自己的不可替代性，那个黑人上司（天哪！他也是有色人种，凭什么看不起我？）隔天找我喝茶，兜了一圈后表示失去我很可惜，希望以后还有共事的机会。

这算什么？捅人一刀再摸摸头，我可不是三岁小孩！

我告诉他，自己最近得了个在摩纳哥工作的机会，正举棋不定，谢谢他帮我下了决定。

那名老黑立刻问我得了什么样的工作？我答在对冲基金里担任高级助理一职，月薪一万二，公司还提供面海公寓一套。

一万二欧元的月薪是银行经理撑死了也无法企及的高度。

他欲言又止，最后祝我好运！

～

没了工作，我像个游魂似的，如果不是有琴声相伴，自己大概早跳河了。

河虽然没跳成，但房东的几次催缴还是让我抓狂。迫不得已，我将生活用度降到最低，一天只吃一顿，可惜依然救不了自己，我不得不卖掉心爱的钢琴以解燃眉之急，但杯水车薪，结局依旧是悲剧收场。

我不是没找过工作，那些"再怎么也能上餐厅端盘子"的言论是站着说话不腰疼。餐厅向来优先雇用有经验者，往往广告一贴出来，立马有人顶上，一个没经验的黄种人想胜出，谈何容易？

～

母亲的婚房在山上，有海景，只是这海景像油画一般大小，因为前方被一栋高层给遮挡住。

"橙橙，妳暂时在客厅睡下，等赌场一有消息再搬出去住。"母亲对我说。

这段话的解读是：

1、这屋小，没有多余的房间。

2、母亲认定我找不到赌场以外的工作。

272

3、别想啃老。

我在洋人世界里翻滚了几年，知道他们有一说一、界限分明的思维，但我以为自己的母亲不一样，她会敞开双手拥抱我这个落难女儿……

哎！这大概是我成年以来少有的天真吧？！

"行，现在是工作挑我，不是我挑工作，一旦找到工作，我立马搬出去，因为我也想蓬头垢面地在自己的生活空间里到处走动。"我答。

Bruce不明白我们母女俩在谈论什么，对我的突然到访也一头雾水，但他没有表现出不悦，反而提议明天带我参观码头，那里停泊了世界上最豪华且昂贵的游艇。

我告诉他游艇可以晚点儿看，现在我担心自己的签证问题。我有法国的长居签证（一年一签），来到摩纳哥后，不知能待多久，还有，能不能工作？

他答有法国长居签证就一切ok了，不然那些繁重的码头工作该找谁做？

这个回答怪怪的，但意思我懂。既然解决了棘手问题，我当下便答应明天之约。

母亲知道我要去看游艇（我翻译给她听，因为她的法语连幼儿园的程度都达不到），立马表示她明天上班，去不了。

"没关系，有Bruce在，不会有任何问题。"我答。

母亲踌躇了一会儿，要我看完游艇去找她，她会在蒙特卡洛大赌场的门口等我，同时叮嘱我千万别一个人闯入，赌场门票要价10欧元，她带我进去不花钱。

"好。"我答。

~

我的继父是个好人，对我和颜悦色，不仅告诉我很多有关码头的知识，还帮我拍照，背景是那一艘艘造价不菲的游艇。

看完"别人家的东西"，Bruce提议和我一起吃中饭。我告诉他，母亲约我在赌场见面，他随即流露出失望的表情，于是我约他明天再一起吃饭，我请客！

我的想法很简单，我是来"蹭睡"的客人，先"巴结"一下屋主，有利无害。

Bruce很开心，他说明天他会穿正装。

对比目前他穿的"工作服"，我猜想开玩笑的成分居多，于是我回复我会穿迷你短裙。

没想到全球最奢华的赌场，外观竟然如此典雅，如果不是看到Casino的字样，我还以为来到了歌剧院。

我给母亲发短信，不到十分钟的时间，她出现了，长袖白衬衫加黑马甲，看起来很有赌场工作人员的派头。

"吃饭了没？"母亲问我。

"没。"

"赌场内的东西贵，我先带妳参观一下再出去吃。"

"好。"

这个赌场光看外表绝对猜不到里面会这么富丽堂皇，瞧！钻石水晶灯、华丽地毯、精致浮雕、大型油画、古朴而典雅的桌椅和吧台……难怪全世界的富豪们都想来此一掷千金。

"想不想在这里工作？"母亲带着炫耀且笃定的口吻问。

我其实不想，这里有纸醉金迷的腐败气息（那是"多金"的另一种说法），但为了讨好母亲，我给予肯定的答复。

"想就好，如果没本事吊金龟婿，就得先伏低，等待机会再出击。"母亲说。

～

我以为非常时期母亲会节约一点儿，没想到她带我来到一个宛如宫殿的地方吃饭，现场还有钢琴演奏。

"妈，妳应该把制服脱了，这种地方很讲究穿着。"我压低声音说。

"如果脱掉制服还得给证明，麻烦死了！"

后来我才知道摩纳哥政府规定每家餐厅都要提供平价的工作日午市套餐给上班族食用，人均消费在15-20欧元左右。

这个价格也太亲民了！

我们边吃法国南部菜肴边闲聊，很快我便发现话题围着我的工作打转。

"赌场目前不缺人，如果真没有，扫大街的工作也可以做，反正只是暂时的。"母亲说。

"是可以做，但收入恐怕租不起房。"

"也对，这可怎么办？"

此时电影《天堂电影院》的钢琴主题曲传来，恬淡中带点儿忧伤，我瞬间沉迷其中。

"其实她弹得没有妳好。"母亲说。

"妳总算给出公正的评价。"

"也许妳可以试试。"

我问试什么？她答弹琴呀！

"可是……"

"没什么可是，待会儿买完单就问问，问又不会少块肉。"

结果这一问还真问出了名堂，餐厅经理说晚班的钢琴手下个月不来了，如果我测试通过，即刻顶上。

"太好了，橙橙，这顿饭没白吃，看来妳很快就能搬出去住了。"母亲兴高采烈地说。

第三章/隔阂

隔天我如约来到码头，Bruce竟然换上正儿八经的西装，还打上阿玛尼的领带。

我赞美他的服装，他问我的迷你短裙呢？我一笑而过。

在餐厅里，继父的表现与母亲不同，他跳过那些平价的午市套餐，直接点贵的吃。

我心中大呼不妙，尤其他还要了一扎的现榨果汁（高级餐厅的纯果汁不便宜，价格甚至高过主菜）。

席间，他一改木讷的个性，侃侃而谈，但多半是冷笑话或尬聊，害我的胃隐隐作痛。

"Ca va?"他问。

我答没什么，胃不好，老毛病了。

Bruce接着问我有没有男友？当得知上一任男友是三年多以前的事，他说这就是症结所在，因为我还在想念男友，所以疾病缠身。

我迷糊了，这是什么意思？

他答没什么，一时兴起开的玩笑，别当真，接着他招手要来账单。

我说我请，他要我帮帮忙，别让他下不了台。

他赢了，主因是我的银行卡里只有五百欧元，付完这一餐大概只剩零头，我总不能开口向母亲借钱吧？！

由于Bruce下午还要上班，道别前他问我今日有何计划？

我答和一家法式餐厅约了见面，经理让我下午三点到四点弹琴给他听。如果通过了，下个月开始上班，工作时间是晚上八点到十点的黄金时段。

他问我十点过后呢？

十点过后当然回家啰！这有疑问吗？

Bruce听完笑了笑，然后挥手跟我说；"Au revoir."

餐厅经理说我想弹什么，请随意。

我的目光横扫了一下，此时餐厅内只有两桌客人，一桌貌似情侣，另一桌是个戴眼镜的老先生，从气质看，像个教授。

这个发现给了我灵感，我选择弹浪漫曲和古典乐曲，不同的曲风交叉出现，衔接得天衣无缝。

当我弹完巴赫的《G弦上的咏叹调》时，服务员递过来一张小纸条，上面写着李斯特的《玛丽圆舞曲》。

这是一首偏冷门的曲子，我已经很久没弹了，加上带来应急的琴谱里没有这一首，我紧张得两腿打颤。

还好灵光一闪让我有了主意，在纸条上写下今天没准备这首曲子，很是抱歉，为了弥补遗憾，我将献上李斯特的另一首圆舞曲，欢迎客人明天同一时间再度光临，我会奉上他想听的《玛丽圆舞曲》。

当《魔鬼圆舞曲》的最后一个琴键按下时，我听到热烈的掌声，它来自餐厅经理，我知道我已经得到这份工作。

回到山上的小公寓，Bruce正在厨房忙碌。

我问Pauline（这是母亲的法文兼英文名）呢？他答还没下班，太好了，不是吗？

太好了？这是什么意思？

等我换上家居服，我妈回来了，一脸怒气。

"今天的客人普遍小气，我总共只得了不到五十欧元的小费。"她说。

"不错了，今天Bruce只给餐厅服务员5欧元。"

"餐厅？Bruce？妳跟他吃饭去了？"母亲问，眼露凶光。

Bruce听到自己的名字，再看到风雨欲来之势，赶紧声明自己中午跟同事吃饭去，给了5欧元的小费……

我妈的法语不好，听得一愣一愣的，我只好充当翻译。

她紧张的表情卸下，接着向我解释吃饭和赌博的性质不同，Bruce经常去的餐厅，给5欧元还嫌多；她不一样，工作地点是高级场所，给那样的小费简直丢人！

我安慰她也不是每个客人都小气，她不也曾一次得到两百多的记录？

母亲笑颜逐开地重提往事，连客人当天所穿的衣服仿佛都历历在目。

趁她在兴头上，我不介意喜上加喜，分别用普通话和法语宣布喜讯。

Bruce听说我找到工作，高兴地过来给我一个拥抱，倒是母亲比较谨慎，她问我餐厅准备给多少？我答一个小时五十欧元，一个晚上就有一百，有时客人还会给小费。

"这摆明了欺负人，培养一个钢琴家多不容易，起码时薪得匹配得上才行。"

我告诉她，我不是钢琴家，顶多只能算是音乐爱好者，这样的薪水已经很令人满意。

"满意？就算天天上班、天天有客人打赏，妳租得起房吗？"她问。

这倒是实话。

母亲说既然这样，若有扫大街的工作不妨拿下，两份收入应该能租下一个还不算太坏的房间。

"房间？我才不想跟人合租。"我说。

"妳现在不也是合租状态？再说，夜晚Bruce进进出出的，多不方便。"

我被当头一棒，没料到母亲连我也防着。

Bruce再度听到自己的名字如临大敌，重申中午和同事吃饭一事。

我受够了谎言和母亲的疑神疑鬼，没做翻译工作便甩门而出。

我在摩纳哥街头步行，爬上爬下的，好不辛苦，谁让这个国家的地势不平坦，不是阶梯就是坡道，害我气喘吁吁的。

不过"运动"过后也有好处，出汗帮我排解了心中郁闷，我不再钻牛角尖，并且试图去理解母亲。

"这是她的头婚，她当然想维系，何况我已成年，和Bruce又没有血缘关系，她考虑得多也是人之常情。"我心想。

"嘟……嘟嘟……"是母亲的来电，她问我在哪里？

我答在圣马丁花园的入口处。

"妳待在那里别动，我和Bruce这就过去接妳。"她说。

挂上手机，我感到欣慰，母亲还是在乎我的，不是吗？

作者介绍

在异国的背景下加入缠绵悱恻的爱情故事是B杜小说的一大特点，她的文笔清新、笔触诙谐、画面感很强，读完小说有种看完一部爱情偶像剧的感觉，特别适合怀春少女及对爱情有憧憬的女性阅读。

另外，B杜还创作了马力历险记、极短篇故事集等作品，欢迎关注。

Also by B杜

《迪拜公主的秘密情人》（繁體字）Love in Dubai
(traditional character version)

《东瀛之爱》Love in Japan

《法兰西情人》Love in France

《英伦玫瑰》Love in England

《爱在暹罗》Love in Thailand

《情定布拉格》Love in Prague

《狮城情缘》Love in Singapore

《爱上比佛利》Love in Beverly Hills

《新西兰之恋》Love in New Zealand

《梦回枫叶国》Love in Canada

《早安，欧巴》Love in Korea

《情迷摩纳哥》Love in Monaco

《我在苏黎世等风也等你》Love in Switzerland

《米兰假期》Love in Milan

《马力历险记 1 之地球轴心》The Adventures of Ma Li (1): The Time Axis

《马力历险记 2 之黄金国》The Adventures of Ma Li (2): Eldorado

《马力历险记 3 之可可岛宝藏》The Adventures of Ma Li (3): The Treasure of Cocos Island

《B杜极短篇故事集 (1～100)》A Word to the Wise (Tales 1～100)

《B杜极短篇故事集 (101～200)》A Word to the Wise (Tales 101～200)

《B杜极短篇故事集 (201～300)》A Word to the Wise (Tales 201～300)